DAS LIEBEN DER ANDEREN

Silke Knäpper

DAS LIEBEN DER ANDEREN

Roman

KLÖPFER&MEYER

1

Was sucht eine wie ich auch nachts hier draußen, dachte Helen, als ihr diese Frau vor die Füße fiel. Ein dumpfer Aufprall, der Bruchteil einer Sekunde nur, eine Art Knacken, das war das Schlimmste. Dieses Knacken. Helen hob den Kopf. Vor ihr das alte Wohnhaus aus der Gründerzeit, sie sah hinauf zu den Balkonen. Von dort oben musste sie gekommen sein. Gesprungen, dachte Helen. Dieser Moment der Erschütterung, des Entsetzens, eine Tote auf dem Pflaster, wie schnell das alles gegangen war, eine Sekunde, mehr nicht.

Helen stand da, stand wie festgeschraubt. Sah hinauf zu den Balkonen, immer wieder, dann hinunter zu der Toten. Tot, ja, das sah man sofort. Aus den Ohren der Frau sickerte Blut, zwei dünne Rinnsale, die in einer dunklen Lache neben dem Scheitel zusammenliefen. Sie lag da, als läge sie im Rampenlicht, angestrahlt von der nächstgelegenen Straßenlampe, ein letztes Mal, dachte Helen, ein letzter großer Auftritt vor dem Abgang. Helen fürchtete vornüberzukippen. Einen Moment lang taumelte sie, sie rang um einen sicheren Stand. Eindeutig tot, dachte sie. Und auf einmal, Helen wunderte sich über sich selbst, da sah sie nicht mehr die Tote, da sah sie nur noch die Frau. Faszinierend scharf ihre

Gesichtszüge, selbst jetzt noch, nahezu unversehrt, wie sie dort lag, die Augen zum Himmel gerichtet, fragend, staunend, den Körper verdreht unter einem kamelbraunen Mantel. Ihr heller Teint leuchtete im Halbdunkel. Keine Wunde, dachte Helen, keine sichtbare, nur das Rinnsal, das ihr aus den Ohren lief. Sie war mit dem Hinterkopf aufgeschlagen. Helen bückte sich hinunter zu der Toten. Irgendetwas lauerte in diesem fein geschnittenen Gesicht, hinter der hohen Stirn mit der Narbe über der Schläfe, um die herum kleine Falten sich abzeichneten. Als hätte ein großer Schmerz sich darin eingegraben. Das Haar der Toten hatte sich mit dem Blut verklebt, mit dem Asphalt. Helen sah hinauf in den Nachthimmel. Nichts als ein Gemenge dunkler Wolken, eine amorphe Masse, die sich in immer neuen Formationen zusammenfand. Eine ganze Weile stand sie so da, bewegungslos, stand einfach nur da, unfähig sich zu rühren.

Die Stadt schien zu schlafen. Inzwischen hatte es leicht zu nieseln begonnen und ein kalter Wind fegte über den Platz.

Als würde ich selbst dort liegen, dachte Helen, liegen wollen, sie erschrak über den Gedanken. Sie wickelte ihre Strickjacke fester um die Schultern, zog die Ärmel über die Handgelenke. Aber eine andere Helen, dachte sie. Sie schaute auf die Uhr. Es war drei Uhr früh. Dienstag, der vierte März. Und einem unerklärlichen Impuls folgend, ganz verstört noch von ihren Gedanken, bückte sie sich hinunter zu der Toten, ein zweites Mal, und griff ihr in die Manteltasche. Der Körper der Frau war noch warm. Selbst durch den Stoff konnte sie die Wärme spüren. Sie fand einen Schlüsselbund, mehr nicht, sie zögerte kurz, dann steckte sie ihn ein. Keiner hatte sie beobachtet, da war sie sich sicher, sie schaute sich vorsichtig um. Um sie herum war alles dunkel, kein Mensch auf den Straßen. Auch hinter den Fenstern schien alles still. Sie schlüpfte in den nächsten Hauseingang, gleich neben dem Unglücksort, fingerte hastig nach ihrem Hausschlüssel. Sie drehte sich noch einmal um. Von der Ringstraße her sah sie ein Taxi kommen und über die Venloer Straße stadtauswärts verschwinden. Sie wartete, bis es vorbei war, erst dann machte sie Licht und stieg langsam die Treppe hinauf in ihre Wohnung.

Vom Schlafzimmerfenster aus beobachtete Helen den Schauplatz, sie ließ ihn nicht aus den Augen. Sie müsste die Polizei rufen, dachte sie, irgendjemand müsste es tun. Da sah sie, wie ein Mann aus dem Nachbarhaus trat, er trug einen dunklen Mantel. Sie wich unwillkürlich einen Schritt zurück hinter den Vorhang. Der Mann bewegte sich auf die Tote zu, stoppte, einen Moment lang ruhte sein Blick auf dem leblosen Körper. Dann drehte er sich abrupt um, warf seine Zigarette in den Hauseingang und eilte in großen Schritten davon in Richtung Ringe.

Helen fühlte nach dem Schlüsselbund in ihrer Jackentasche. Das Geheimnis dieser Frau, was mochte es sein? Was hatte sie dazu gebracht, sich von dort oben herunterzustürzen? Oder war sie gefallen? Nein, dachte Helen. Man fällt nicht so einfach vom Balkon. Und der Mann? Er hatte einen Mantel getragen, sicher etwas Feines, Edles, dachte Helen, Kaschmir vielleicht. Dunkelblau vielleicht, oder auch schwarz, der Mantel war lang und schmal. Das hatte sie sogar von hier oben erkennen können. Auch der Mantel der Frau war etwas Besonderes gewesen, dieser weiche Stoff, als sie ihr in die Tasche griff. Und kurz darauf der Mann. Das konnte kein Zufall sein. Sein Profil würde sie nicht vergessen. Dieses starke Kinn. An der Silhouette seiner Erscheinung würde sie ihn erkennen und am Kinn. Helen stellte sich vor, dass er dunkelhaarig war und sein Mantel fein, auch wenn die Nacht und die Entfernung genaue Angaben nicht zuließen. Aber sein Kinn, das hatte sie deutlich gesehen. Dieser Mann war kein Gescheiterter, er war erfolgreich, das wusste sie. Wenn so einer scheiterte, wenn überhaupt, dann in der Liebe. Helen stellte sich vor, wie der Mann im blauen Mantel die Frau im kamelbraunen Mantel umarmte, seine Ehefrau, seine Geliebte, eines von beidem, da war sie sich sicher, die beiden mussten zusammengehören. Und jetzt war er übrig geblieben, wie allein er sich fühlen musste. Helen wusste, was es hieß, einen Menschen zu verlieren. Wahrscheinlich hatten sie gestritten, eine leidenschaftliche

Auseinandersetzung, um nichts Geringeres als um ihre Liebe war es gegangen, wegen Geringerem springt man doch nicht aus dem Fenster, dachte Helen. Nein, nicht wie die Eltern in der Kita, in der sie arbeitete, die sich in die Haare bekamen wegen Nichtigkeiten. Oder wenn Klein Amelie ihrem Jasper eine Sandschaufel über den Kopf gezogen hatte. Wegen so etwas mochten sich solche Paare streiten, aber niemals wegen der Liebe, die aus den Schlafzimmern verschwand mit jedem weiteren Kind, so hörte man, mit jedem Waschgang für die Nachkommen. War sie jetzt ungerecht? Wie oft hatte sie die Paare beneidet um ihre gemeinsam gestemmten Aufgaben, um ihr Rama-Familienleben, um ihre, wenn auch noch so verzogenen Kinder. Das Leben der anderen war erfüllt, dachte Helen, und aufregend. Bunt. Nicht so blass wie ihr eigenes Dasein, das ihrem schmächtigen Körper glich, so hager und androgyn, unweiblich, flachbrüstig, ohne Höhen und Tiefen. Kein Wunder, dass die Natur ihr ein Kind versagte, aus dem Leeren kann man nicht schöpfen, dachte sie. Kein Wunder auch, dass selbst Robert ihrer irgendwann überdrüssig geworden war.

Diese Frau und dieser Mann im Mantel, die waren etwas Besonderes, das spürte sie. Helens Vater war auch etwas Besonderes gewesen, trotz allem. Aber sie, Helen, war der Mutter nachgekommen, der Älblerin. Nichts von der Kraft und Grandezza ihres Vaters. Und Helen merkte, wie eine Art Motor in ihr ansprang, eine längst verloren geglaubte Energie, die sie früher zu Höchstleistungen anzuspornen vermochte, auch jetzt wieder, das spürte sie. Als die Spurensicherung eintraf, war ihr Entschluss längst gefasst.

2

Helen hatte sich einen Tee aufgebrüht. Sie saß in ihrer Strickjacke auf dem Schemel am Küchentisch, seit ihrem nächtlichen Rundgang hatte sie diese nicht mehr abgelegt. Sie starrte auf die abgeriebenen Stellen an den Bündchen am Ärmel, kleine Knötchen hatten sich an den Enden gebildet. Sie zupfte sie ab, während der Tee vor sich hin dampfte. Eigentlich hatte die Jacke längst ausgedient, Helen verfolgte das Muster der Zöpfchen am Unterarm, kleine, in sich verschlungene Schleifen, die allmählich verfilzten. Sie hatte sie auf dem Weihnachtsmarkt in der Altstadt gekauft, vor Jahren mit Robert. Er hatte ihr gut zugeredet und für sich die gleiche genommen, fast die gleiche. Seine war mausgrau und ihre wollweiß, zumindest war sie das einmal gewesen, rein und weiß, mit braunen Holzknöpfen. Aus irgendeinem Grund konnte sie nicht von ihr lassen, obwohl sie längst schmuddelig geworden war. Als stellte sie eine Verbindung her zu einem früheren Leben, zu einem besseren Leben, trotz allem, zu einem unausgereiften Versprechen, das Helen mit jedem Jahr nach der Trennung noch mehr verklärte, bis sie sich die Gedanken daran verbot, bis sie es irgendwann in einer imaginären Kammer verschloss, sepiafarben, einer Art Galerie unerwünschter Bilder und Regungen, die nur ganz selten hervorbrachen.

Helen nippte an ihrem Tee. Er brannte heiß auf der Zunge. Der Geruch von Minze, sie sog ihn tief in sich ein. Dabei ist es noch nicht einmal frische Minze, dachte sie, diese Mühe machte sie sich nicht. Ein Beutel tat es auch. Das Etikett mit dem grünen Logo baumelte noch an seinem Faden am Kannenrand. Helen quetschte den Beutel unter dem Kannendeckel fest, er hatte lange genug gezogen. Wozu auch aufstehen und ihn entsorgen. Es war ja niemand da, der sich daran stören konnte. Vor ihr auf dem Tisch lag der Schlüsselbund, insgesamt waren es vier Schlüssel, durch einen silbernen Ring zusammengehalten, in einem Etui aus olivgrünem Leder. Die Schlüssel zu einem Leben, dachte Helen, und führte die dampfende Schale Tee erneut an den Mund, sie blies kleine Kringel in die Oberfläche. Ein ganzes Leben, dachte sie. Und dann, aus und vorbei. Als machte es schlagartig peng. Ein Knacken. Mehr nicht. Bei dem Gedanken daran fror es sie. Sie dachte an das Gesicht der Toten und wunderte sich, dass es auch diesmal kein Grauen in ihr auslöste. Das Grauen waren die anderen, dachte sie, die Absperrbänder, die Funkgeräusche, die Streifen- und Krankenwagen. Die Männer in ihren weißen Plastikanzügen.

Wäre der Anlass ihres Erscheinens nicht so ernst gewesen, hätte man sie als lächerlich empfunden. Wie sie ausschauten, wie die personifizierten Spermien in einem Woody-Allen-Film, den sie vor Jahren gesehen hatte. Aber sie waren nicht lächerlich. Diese Frau war tot. Und viel zu schön für eine Tote. Und der Mann erst, der Mann im blauen Mantel. Wie er sich fühlen mochte. Sie hatte ihn genau beobachtet, es ging ihm nicht gut. Wie fahrig er gewesen war, als die Polizisten auf ihn einredeten. Immer wieder hatte er auf ihre Umrisse geschaut, auf die Kreidezeichnung auf dem Pflaster. Die Haarlocke, die ihm in die Augen fiel, er hatte sie nicht einmal entfernt, so egal schien ihm alles gewesen zu sein, diese Verzweiflung im Blick. Er muss sie geliebt haben, dachte Helen. Was auch immer passiert war. Irgendwann war er zurückgekommen an den Unglücksort, er war sofort auf die Polizisten zugegangen, sein schneller Schritt und diese Geste der Hilflosigkeit, rührend fast, die ausgebreiteten Arme, die noch in der Bewegung erschlafften. Hatte er geweint? Männer weinen nicht so schnell, dachte Helen, die verkneifen sich das. Aber er, er war etwas Besonderes, er würde sogar weinen, vielleicht, wenn nicht hier, vor den Augen der Schaulustigen, dann sobald er alleine war. Irgendwann würde er sich dem Schmerz hingeben, er hatte die Größe seinen Schmerz zu leben, bestimmt. Auch die Polizisten waren ihm egal gewesen, als sie die Schöne vor seinen Augen abtransportierten, in ihrem weißen Sack, wie schändlich, nichts Besseres als ein Sack. Er hatte sie einfach stehen lassen, den Kommissar und seine Assistenten, er war der Trage hinterhergerannt, bis zu dem Wagen, in den sie hineingeschoben wurde, ein weißer Kastenwagen, direkt in die Gerichtsmedizin, dachte Helen. So musste es gewesen sein. So zumindest kannte sie es aus den Krimis im Fernsehen.

Leider hatte man sie nicht dichter herangelassen, als sie dann doch noch einmal nach unten gegangen war. Man hatte die Absperrungen aufgezogen, die Tote abgeschirmt gegen die Schaulustigen, aber sie, Helen, sie war keine Schaulustige. Sie war eine Zeugin. Die sich niemals zu erkennen geben würde. Niemals vor der Polizei. Und dann hatten sie ihn mitgenommen. In den anderen Kastenwagen. Plötzlich war er im Bauch des Wagens verschwunden. Helen hatte alles gesehen. Als sie ihn kurze Zeit später wieder entließen, steuerte er nicht das Nachbarhaus an, sondern ging langsam Richtung Hohenzollernring davon.

Inzwischen hatte die Spurensicherung den Tatort geräumt. Jetzt flatterten nur noch die Absperrbänder um die weißen Kreideumrisse. Wie in den Krimis im Fernsehen, dachte Helen. Langsam dämmerte es, und es hatte aufgehört zu regnen. Die letzten Schaulustigen hatten sich nach und nach zurückgezogen, auch die Neugierigen hinter den Fenstern. Alle, bis auf Helen.

3

Simon lag ausgestreckt auf der Behandlungscouch in seiner Praxis. Er versuchte, regelmäßig zu atmen, ein, aus, ein … Er probierte die ganze Palette seiner erlernten Entspannungstechniken, wartete darauf, dass die sanften Energieströme durch seinen Körper liefen, bis in die Zehen und Fingerspitzen, die gewohnte Schläfrigkeit sich einstellte. Er versuchte, die Bilder in seinem Kopf abzuschalten, die Stimmen zum Schweigen zu bringen. Wieder nichts. Seit einer halben Stunde lag er so da, im Hintergrund nur das Plätschern der Salzkristalllampe, der Duft von Lemongras und Happy Mind. Aber sein Mind war nicht happy. Nichts zu machen. Er fühlte nach seiner Zigarettenschachtel in der Hosentasche. Eine halbe Packung hatte er mindestens schon geraucht heute. Gleich in der Früh nach Claires Tod hatte er allen Patienten abgesagt, die Praxis sei bis auf Weiteres geschlossen, bis Ende der Woche auf jeden Fall, vielleicht länger. Mirjam hatte ihn mit ihren großen Augen angesehen, verschreckt fast oder eher verschämt, Herr Doktor, ob das etwa heiße, dass …? Er hatte sie den Satz nicht zu Ende führen lassen. Ganz genau, hatte er geantwortet, und dass sie sich freuen solle und ihren unverhofften Urlaub genießen. Vielleicht habe sie ja Lust, ein paar Tage wegzufahren, das tue ihr gut. Ob da nicht mehr war in ihrem Rehblick als die kaum verhohlene Überraschung über ein paar Tage frei? Ob ihr noch mehr auf der Zunge gelegen hatte, Fragen, die sie sich nicht getraute zu stellen und die er sich noch außerstande sah zu beantworten? Noch, dachte er. Ob das etwa heiße, dass …? Sie muss es geahnt haben, dachte Simon. Dass es nicht irgendein Ereignis war, das ihn dazu veranlasst hatte, die Praxis zu schließen, nicht irgendeine banale Unpässlichkeit, sondern etwas Schreckliches, Unvorstellbares, etwas, das sein Leben verändern und das er niemals ganz abschütteln würde. Ob Mirjam die Zeitung las? Er hatte immer gedacht, Mirjam gehöre zu jenen jungen Dingern der Generation WhatsApp, die gewöhnlich einen großen Bogen um Gedrucktes machten. Man könnte sich ja die manikürten Finger schwärzen. Ein liebes Mädel, zweifelsohne, aber nicht besonders helle. Beim Vorstellungsgespräch hatte sie ihn genau mit diesen Rehaugen angesehen, liebenswert, etwas tollpatschig in ihrem Auftreten. Und diskret war sie auch. Er hatte sie gleich gemocht. Er wollte ihr eine Chance geben und er hatte es bislang nicht bereut. Nur Claire hatte die Einstellung Mirjams damals missfallen. In den Wochen danach fing sie an, ihn mit Fragen nerven, auch tauchte sie auffallend oft in der Praxis auf, vornehmlich nach Ende der Sprechzeiten. Aber sie hatte nichts Belastendes finden können, keine Beschwerden von Seiten der Patienten, keine nervösen Gesten Mirjams oder etwa ein unangebrachtes, verräterisches Erröten, auch keine Fehler in der Abrechnung oder Verwaltung. Claire. Simon spürte, wie sein Herz wieder schneller schlug. Er bekam nasse Hände, Panik überfiel ihn, das kannte er schon, dieses entsetzliche Gefühl der Ohnmacht, des Ausgeliefertseins. Er sprang von der Couch. Ein. Aus. Ein. Aus. Sein Atem ging flach und zu schnell, er ließ sich einfach nicht ruhigstellen. Simon riss an seinem Rollkragenpullover, er hatte das Gefühl, keine Luft mehr zu bekommen, etwas würgte ihn, er wusste genau, was es war, alles, diese Bilder, diese Stimmen, Claires Stimme, diese entsetzliche Angst. Niemals würde er diesen Alp loswerden. Er drückte zwei weitere Filmtabletten aus dem Alustreifen auf dem Schreibtisch. Spülte sie hastig hinunter, er trank direkt aus der Flasche. Dann rannte er die Treppen hinab, zündete sich eine Zigarette an. Er brauchte frische Luft, nichts wie raus hier. Plötzlich kam ihm seine Praxis vor wie ein Gefängnis. Schon dreimal war er heute die Weißenburgstraße entlanggegangen, hin und her, auf der einen Seite der Allee hin, auf der anderen Seite zurück. Er hatte eine halbe Schachtel geraucht. Und in die Baumwipfel geschaut. Diese uralten Bäume mit ihren ausladenden Kronen. Wie vielen Liebespaaren sie wohl schon Schutz geboten hatten, wie viele Geschichten mit ihrem Blätterkranz zugedeckt? Noch waren die Äste karg, aber die ersten Zweige trieben bereits aus. Mit Claire war er oft dort entlanggegangen, in der Stille der Nacht, im Frühling, im Winter. Im Herbst. In ihren Anfängen hatten sie es zum Teil in der Praxis getrieben. Es fiel ihm schwer, an den

Herbst zu denken. Er setzte sich auf eine der Bänke im Grünstreifen. Im Herbst hatte er Anna kennen gelernt.

Irgendwann würde ohnehin die ganze Stadt Bescheid wissen, dachte Simon. Alle würden sie Bescheid wissen, spätestens übermorgen, wenn auch die letzten Gazetten davon berichteten, die Story für sich ausschlachteten. Blödsinn, dachte er, fast gar nichts werden sie berichten. Die Presse war mittlerweile zurückhaltend, was die Berichterstattung über Selbstmorde anging. Die Meldung heute früh im Stadtanzeiger war dementsprechend sachlich und knapp gewesen, anständig, könnte man fast sagen. Aber darum ging es auch gar nicht. Es ging um Claire. Und um ihn. Um das, was passiert war, das ihn heimsuchen würde bis ans Ende seiner Tage. Was kümmerte ihn der sensationsgeile Mob. Was kümmerten ihn seine Kollegen und seine ratlosen Patienten. Darum ging es nicht. Im Moment ging es darum, irgendwie weiterzumachen, die Bilder zu verscheuchen. Und die Fragen zu ertragen. Diese unerträglichen Fragen, die er fürchtete und die alles nur noch schlimmer machten.

4

Ob er vielleicht gar nicht dort wohnte? Oder hatte er es einfach nicht ertragen können zurückzukommen? An den Ort des Dramas, ehemals Hort der Liebe und des Begehrens. Buchstäblich ins Leere zu treten. Oh ja,

Helen wusste, wie sich das anfühlte. Dieses Schweigen, das einem entgegenschlug, diese unerträgliche Stille. Nur das Brummen des Kühlschranks, das Summen einer Biene vielleicht, die sich im Vorhang verfangen hatte und in ihrem verzweifelten Versuch, sich zu befreien, gegen die Scheiben prallte. Im Sommer war das Alleinsein besonders drückend. Dann vernahm sie lieber noch das Gurgeln der Heizung im Winter und das Schlurfen ihrer Filzpantoffeln auf dem Laminat. Oder, um all diese Geräusche nicht zu hören, das allgegenwärtige Geräusch des Fernsehers, in allen Stimmungslagen, zu allen Jahreszeiten, die geölten Stimmen der Kommentatoren, die vertrauten Synchronisationsstimmen der amerikanischen Serienhelden. Wohltuend fast gegenüber dem Gekreische der Kinder, dem sie tagtäglich ausgesetzt war, oder, was noch schlimmer war, dem pastoralen Ton jener engagierten Väter und Mütter, die die gängigen Erziehungsratgeber gelesen und verinnerlicht hatten, was sich in ihrem Tonfall äußerte. Pädagogisch wertvoll und politisch korrekt. Tagtäglich an ihrem Arbeitsplatz. Stimmlagen ohne Tonus, als hätten sie die dazugehörigen Gefühle in einem Tupperschüsselchen verschlossen und weggesperrt. Während ihre Sprösslinge an ihren Matschhosen zerrten und plärrten, mit den Füßen aufstampften gegen die mit Entschlossenheit demonstrierte Konsequenz, die im nächsten Moment wieder fallen gelassen wurde. Da war ihr tatsächlich das Kreischen der Kinder noch lieber, die sich im

Eifer überschlagenden Stimmen. Die waren wenigstens echt.

Gleich am Morgen hatte Helen in der Kita angerufen und sich krankgemeldet. Unmöglich könnte sie heute arbeiten gehen. Auch morgen nicht. Sie konnte sich überhaupt nicht mehr vorstellen, arbeiten zu gehen, nicht nach dieser Nacht, die ihr vorkam wie ein Schnitt in ihr taub gewordenes Fleisch. Wie ein Schnitt mitten ins Herz. Wenn sie an diese Nacht zurückdachte, dann war ihr jedes Mal, als würde hinter dem Grauen und der in dieser Nacht empfundenen Verstörung noch etwas anderes aufblitzen, ein Glitzern, wenn auch schwach, irgendwo hinter den Formationen der Wolken am Himmel, und aufgefangen in den starren Pupillen der unbekannten Toten.

In den folgenden Tagen studierte Helen aufmerksam die Presse, gleichzeitig beobachtete sie das Haus nebenan. Plötzlich hatte es seine Anonymität verloren, denn darin hatte die Tote gewohnt, oder der Unbekannte, auf dessen Rückkehr sie wartete. Oder sogar beide, doch, bestimmt beide. Sie würde ihn sofort wiedererkennen.

Vielleicht auch hatten die Polizisten die Wohnung versiegelt? Natürlich waren sie in der Nacht noch nach oben gegangen. Sie mussten ja den Tatbestand klären. Helen hatte genügend Polizeiserien gesehen, um die Abläufe zu rekonstruieren. Wahrscheinlich untersuchten sie den Tathergang zunächst auf Suizid oder Unfall – und womöglich sogar auf Mord. Vielleicht hatte der Unbekannte die Frau auch gestoßen, oder etwas nachgeholfen? Aber nein, niemals, das konnte nicht sein. Eine solche Frau stieß man nicht vom Balkon. Sie hatten sich geliebt. Und wenn Liebe in Hass umschlug? Eine leidenschaftliche Auseinandersetzung, ein falsches Wort gab das andere … Und schon, mehr ein Versehen vielleicht. Nein. Helen schob den Gedanken weit von sich.

Im Stadtanzeiger nur diese lächerliche Notiz. Frau aus dem dritten Stock vom Balkon gestürzt, Venloer Straße in den frühen Morgenstunden gesperrt. Möglicherweise handele es sich um einen Unfall oder Suizid, von einem Fremdverschulden gehe die Polizei nach ersten Ermittlungen nicht aus. Etwas ausführlicher schon der Express, reißerisch eben, wie gewohnt. Für die Frau sei jede Hilfe zu spät gekommen. Aber auch keine Infos, die sie, Helen, weiterbrachten.

Auf dem Küchentisch lag noch immer der Schlüsselbund. Zwei Hauptschlüssel und zwei kleinere, für das Fahrrad vielleicht, dachte Helen, und den Keller. Helen griff danach, die Versuchung war groß. Sie ließ die Schlüssel zurück in das Mäppchen gleiten. Und wenn sie einfach mal nachschaute, nur um sich zu vergewissern, nur um zu sehen, was jetzt mit der Wohnung wäre? Schließlich waren sie Nachbarn. Gewesen. Helen war schon zweimal am Hauseingang vorbeigegangen, aber irgendetwas hatte sie gebremst, stehen zu bleiben. Als wären alle Augen der Umgebung auf sie gerichtet. Dabei war doch wirklich nichts dabei, sie könnte jemanden im Haus besuchen wollen, mehr nicht. Heute Abend, ja, da würde sie es wagen, das schwor sie sich, nur ein kurzer Blick auf das Klingelbrett, das würde genügen, nur um die Namen zu studieren, für ihren Seelenfrieden. Damit tat sie nichts Unrechtes, nein. Wenn nur der Mann nicht zurückkäme vor heute Abend, oder gar just in dem Moment, da sie dort stand. Die Vorstellung, er würde sie in flagranti ertappen. Plötzlich fürchtete Helen, sie hätte schon zu lange gezögert. Heute Abend. Heute Abend musste sie es wagen.

5

Im Herbst hatte er Anna kennen gelernt. Anna war jung und überschwänglich, und wenn sie lachte, veränderte sich die Landschaft ihrer unzähligen Sommersprossen. Anna war ihm sofort vorgekommen wie die fröhlichere Variante der mit den Jahren immer ernster gewordenen Claire. Anna war wie ein spät eingelöstes Versprechen, eine junge, stürmische Claire gewissermaßen. Wie ein Relikt aus den späten sechziger Jahren, dachte Simon, jener Zeit des Aufbruchs, die auch Claire selbst nicht mehr miterlebt hatte, allenfalls vielleicht in den wiederkehrenden Retro-Modetrends, denen sie sich strikt verweigerte. Mit dem fein geschnittenen Gesicht einer Sixties-Ikone und ihrer zart-weiblichen Figur hätte Claire wunderbar hineingepasst in diese Zeit, dachte Simon immer, er, der die Hippie-Bewegung tatsächlich noch mitgenommen hatte, wenn auch nur am Rande, aber der ihren Geist in sich aufgenommen hatte, irgendwo abgespeichert in seinen biegsamen Gelenken und in seinem stets hungrigen Hirn. Eine fast bedrohliche Energie, nur mühsam unter Verschluss gehalten in Anbetracht seines fortgeschrittenen Alters und eines fast schon öffentlichen Status, der ihm gebot, sich zu kontrollieren und ihn immer wieder in die Schranken wies. Eine Energie, die jederzeit aus ihm herauszubrechen drohte, wenn er sich nicht absolut vorsah. Aber die er auch selbst gerne losließ, immer wieder, im geschützten Rahmen oder wenn ein Abenteuer ihn trieb. Claire hätte eine wunderbare Twiggy abgegeben, etwas weiblicher vielleicht, etwas französischer, schmaläugiger, runder, vielleicht eher eine Brigitte Bardot, nein, eine brünette Simone Signoret im Kurzmantel. Oder in Schlaghosen mit Blumenprint. Beides konnte er sich vorstellen.

Aber Claire war nie unbeschwert gewesen, auch nicht rebellisch. Nichts an ihr war luftig oder durchlässig, gar nichts, bis auf ihre Haut. Ihre Erscheinung war klassisch, wie gemeißelt, ihre Haltung stolz und bedächtig. Claire war eine feine Frau, treffender könnte er es für sich selbst nicht ausdrücken.

Geradezu erfrischend waren demgegenüber die linkischen Bewegungen einer Anna, wenn sie sich im Schneidersitz auf seine Couch hockte, ihren gummiartigen Beutel auf den Boden fallen ließ, die karamellbraunen Haare in den Nacken warf. Manchmal waren sie auch nussbraun, je nach Laune und Tönung. Und bei all dem besaß Anna eine Natürlichkeit, die nicht allein ihrer Jugend zuzuschreiben war.

Simon musste an Anna denken, während er auf der Bank vor seiner Praxis saß, und an Claire, er konnte nicht umhin die beiden Frauen miteinander zu vergleichen, die eine, die er jetzt vor sich sah, zu deutlich, und die andere, die ihn ein Leben lang begleitet hatte, gefühlt, und die jetzt nicht mehr da war. Simon erschrak bei dem Gedanken. In seinem Vergleich waren beide gleich lebendig, da war Anna und da war Claire, die lebendige Claire. Schlagartig wurde ihm bewusst, wie falsch diese Bilder waren, Anna, die linkische, und Claire, die anmutig-kühle, wie zwei Seiten einer Medaille. Diese Bilder waren falsch, weil sie die Wahrheit verleugneten, einfach ausblendeten, genau wie sie dieses eine Wörtchen ausblendeten: *gewesen*. Claire war nicht mehr. Sie war anmutig *gewesen* und schön und kühl, zweifelsohne, aber all das *gewesen*. Sie war tot. Tot. Und so wie er dieses Wort nicht denken wollte, *gewesen*, so suchte er dieses letzte Bild zu vertreiben, das er von Claire besaß, ausgestreckt auf dem Pflaster, immer noch anmutig, so war es, und schön. Und kalt. Simon sträubte sich gegen dieses Bild, das sich ihm aufdrängte und ihn nicht losließ.

Warum also nicht an Anna denken, einfach an Anna denken. Simon nestelte in seiner Hosentasche, nur noch zwei Zigaretten. Oben in der Praxis lag noch eine weitere Schachtel, in der Schublade im Sprechzimmer, seine Notschachtel. Die blauen Gauloises. Wie Claire seine Raucherei gehasst hatte, seit sie selbst nicht mehr rauchte. Wie sie ihm den vollen Aschenbecher unter die Nase gehalten hatte, die eigene Nase rümpfend, an jenem fatalen Abend, ihrem letzten. Ob es das sei, was ihn mit der Jugend verbinde? Claire hatte ihn angeschrien. Dann war sie ausfallend geworden, verbal, manchmal konnte sie das, aber nur dann, wenn sie sich restlos vergaß. Ob es das sei, hatte sie geschrien, und ihm die Asche ins Gesicht geblasen. Die ewige Jugend? Ihre Augen ganz schmal vor Verachtung und verschmiert von Tränen und Kajal. Hier, dein Tribut an den vermeintlichen Zeitgeist. Deine kleine Revolte. Du bist so fucking cool. Der rauchende Sugardaddy. Daran stört sich die Jugend nicht, hatte sie ihm entgegengeschleudert. Deine junge Geliebte, nein, die findet das cool. Claire hatte ihm die Kippen vor die Füße geleert. Dann war sie für eine Weile ins Bad verschwunden. Als sie zurückkam, hatte sie sich das Gesicht gewaschen, die Lippen nachgezogen, die Wimpern frisch getuscht. Sie hatte sich die Zähne geputzt. Und dann begonnen, das Parkett zu säubern, die Kippen aufzukehren, wortlos. Simon erinnerte sich an die fast bedächtigen Bewegungen, die Kehrichtschaufel in ihrer zitternden Hand, wie sie am Boden kniete mit ihrem frisch geschminkten Gesicht, in ihrer eleganten schwarzen Stoffhose. Die feinen Aschepartikel, die sich beim Hinknien in den Stoff drückten, sie hinterließen hellgraue Schlieren auf dem Schwarz. Von der Ferse ihres hautfarbenen Seidenstrumpfes schlängelte sich eine Laufmasche bis unter das rechte Hosenbein, ein winziger Makel, kaum sichtbar, aber als dokumentierte er die Spur ihrer inneren Verwüstung. Lass mich das machen, hatte er gesagt, er wollte ihr die Schaufel aus der Hand nehmen. Aber Claire stieß ihn weg. Wortlos kehrte sie die Kippen in die Schaufel, die Asche staubte und stank. Sie verzog nicht einmal das Gesicht dabei, kein Ausdruck von Ekel, noch nicht einmal Wut. Danach hatte sie sich ein Glas Whisky eingeschenkt, dann noch eines. Es sollte nicht das letzte bleiben an diesem Abend. Auch daran stört sich die Jugend nicht, hatte sie gesagt und dabei provozierend gerülpst. Es war das Letzte überhaupt, was sie zu ihm sagte. Das Vorletzte. Die Entschlossenheit, mit der sie sich den Mantel überwarf. Ich gehe, sagte sie. Und dann …

Simon schloss die Augen und ließ den Kopf auf die Rückenlehne der Bank fallen. Er konzentrierte sich auf die Farbspiele unter seinen Lidern, orange und rot, dann violett. Farben wie Feuer. Wenn er den Druck veränderte, changierten die Farben. Er kniff die Augen fester zusammen, bis alles schwarz wurde und kleine Lichtpunkte aufzuckten. So ist das, wenn man Sternchen sieht, dachte er. Ob auch Claire Sternchen gesehen hatte? Ob sie überhaupt noch irgendetwas gesehen hatte, als sie dort unten lag? Ob es noch so etwas gab wie einen letzten Gedanken, eine Bündelung von Eindrücken vielleicht, eine Verdichtung des Erlebten in einem finalen Bild? Er war so unglaublich müde, seine Augen brannten und ihm war, als könnte er nur noch in Bildern denken. Erinnerungen, die aufleuchteten und wieder verschwanden, friedliche Erinnerungen und verstörende, in ständig wechselnden Sequenzen. Er dachte an Anna und ihre lustige Sommersprossenlandschaft und spürte, wie ihm der Gedanke die Luft wegdrückte. Als handelte es sich um einen verbotenen Gedanken, als käme es einem Verrat an Claire gleich, auch nur an Anna zu denken.

Ganz selbstverständlich hatte er sich in der Nacht nach Claires Tod in Richtung Stadtgarten bewegt, nicht sofort, zunächst war er ein Stück den Ring entlanggegangen und dann abgebogen, als müsste er einen großen Bogen um den Tatort schlagen. Er hatte sich auf Umwegen dem Stadtgarten angenähert. Den ganzen Weg über hatte er sich vorgestellt, wie Anna sich dort zwischen den Tischen bewegte, ein Tablett mit Gläsern balancierend, ihre schmale Silhouette. Wie sie neben den

Gästen stand und konzentriert die Bestellungen aufnahm, lächelnd natürlich, immer freundlich. Unter der langen schwarzen Schürze ihre weiblichen Formen, die sich abzeichneten. Als wäre ihre unaufdringliche Weiblichkeit ein Gegenmittel, als könnte allein diese Vorstellung ihn jetzt trösten. Natürlich würde Anna nicht mehr dort sein, und die Bar längst geschlossen. Es war mitten in der Nacht. Außerdem arbeitete Anna fast nur noch an Wochenenden. Aber es hatte gut getan, sie sich vorzustellen. Simon schaute auf seine Armbanduhr, es war kurz vor halb vier. Natürlich war längst alles dunkel, Bar und Restaurant, dahinter der Park wie ein Höllenschlund. Simon war nicht ängstlich, aber der Gedanke, dort jetzt hineingehen zu müssen, den Park zu durchqueren, war ihm unheimlich. Dort hineingehen, dachte er, und nie wieder herauskommen. Gleichzeitig hatte der Gedanke etwas Verlockendes, als offenbarte sich in dem Dunkel, das da vor ihm lag, das erlösende Nichts. Niemand würde ihn darin suchen, keiner, der etwas von ihm wissen wollte, keine Fragen, keine Rechenschaft für die letzten Stunden. Einen Moment lang wünschte er sich eins zu sein mit dem Dunkel des Parks. Aber die Ereignisse würden ihn auch dort heimsuchen, das wusste er.

In der Friesenstraße hatte Simon tatsächlich noch eine Bar gefunden, die geöffnet war. Er drückte sich an die Theke neben ein paar trinkende Gestalten. Die, die am lautesten grölten, kamen ihm am traurigsten vor, auch die Frau Mitte fünfzig mit den verklebten Locken, sie lachte, während sie ihm zuprostete und ihr wer weiß wievieltes Kölsch herunterschüttete. Alles an ihr war schief, der Mund mit den braunen Lippenstiftspuren, der Träger unter ihrer Hemdbluse, die den Blick auf einen schwarzen BH frei gab, die prallen Brüste darunter nur dürftig im Zaum gehalten. Die zu kleinen Ohren mit den zu langen Schlitzen im Ohrläppchen. Offenbar hatten sie dem zu schweren Schmuck, den sie ihnen zumutete, nicht standgehalten. Ja, alles an ihr war irgendwie verrutscht. Aber die Frau lachte und zeigte ihre schlecht gemachten Zähne und öffnete leicht die Schenkel auf dem Barhocker, als Simon sich neben sie an die Theke schob. Sie roch nach Haarspray und Schweiß.

Und von wo hat die Nacht Sie hergeschwemmt?, fragte sie, Sie habe ich ja noch nie hier gesehen. Sie gab dem Barkeeper ein Zeichen. Mach dem Mann noch ’n Kölsch auf mich. Er sieht aus, als würd er noch eins brauchen. Ich bin Rita, sagte sie. Simon bedankte sich für das Bier. Seinen eigenen Namen nannte er nicht. Die Frau wippte mit dem Kopf zur Musik und dabei hörte sie nicht auf zu lachen, erst lachte sie laut, dann tonlos, Simon hob sein Glas und trank. Wie einsam diese Frau doch war, dachte er, in diesem traurigen Körper in dieser ranzigen Bar. Die Jeans um ihre Schenkel nur ein dürftiger Schutz. Darunter die verletzte Scham einer Frau, die sich selbst nicht mehr spürte.

Die Wände der Kneipe waren mit Postern gepflastert, dazu vergilbte Bilder von Boxern, aus einer längst vergessenen Zeit. Fotografierte Szenen aus dem Ring, Max Schmeling, Muhammad Ali. Bubi Scholz. Die meisten kannte er nicht. Er würde jetzt selbst in den Ring steigen, dachte Simon, jetzt gleich, zu allem entschlossen. Alles war besser, als weiter hier herumzusitzen und zuzusehen, wie diese Menschen hier sich gegenseitig in den Abgrund halfen. Er orderte ein weiteres Glas Bier und leerte es in einem Zug. Der Mann links von ihm war endgültig über seinem Glas zusammengesackt, der Wirt rüttelte ihn unsanft an den Schultern. Das war jetzt die letzte Runde, rief er, jetzt reicht es. Letzteres murmelte er missmutig vor sich hin.

Danke, Rita, sagte Simon noch einmal. Und legte einen Schein auf den Tresen.

Draußen war ihm die Nacht plötzlich ganz hell vorgekommen. Er hatte beschlossen, sich den Fragen zu stellen. Ja, er würde in den Ring steigen. Von der Ferne schon hatte er die Lichter des Rettungswagens gesehen, dazu zwei Streifenwagen. Der Friesenplatz war großräumig abgesperrt, und was sich ihm jetzt darbot, war die surreale Szenerie eines Kriminalfilms, in dem ihm wider Willen eine Hauptrolle zugefallen war. Aber diese Szenerie war kein Film. Er konnte nicht einfach auf den Knopf drücken und abschalten.

6

Dienstag, vierter März, vier Uhr sechsundfünfzig.

Das Licht in dem Polizeiwagen war unangenehm grell.

Und Sie sagten, Sie hatten einen Streit?

Der Kommissar war klein und drahtig und musterte Simon mit lebhaften dunklen Augen. Wenn er müde war, so ließ er sich dies nicht anmerken. Nicht unsympathisch, dachte Simon. Nicht so wie der andere, der irgendwann später zu ihnen in den Wagen gestoßen war und mit schläfriger Stimme bekannt gab, dass sie die Wohnung durchsucht hätten. Einen Abschiedsbrief hätten sie nicht gefunden.

Sie hatten also einen Streit? Worum ging es in dem Streit?

Sind Sie verheiratet?, fragte Simon den Beamten.

Ich glaube nicht, dass Sie das etwas angeht.

Mag sein, aber vielleicht hilft es Ihnen, manche Schwingungen zu verstehen. Die Wut meiner Frau und meine eigene Unzulänglichkeit. Simon zögerte. Ich bin nicht besser als andere Männer. Um es kurz zu machen, ich hatte eine Geliebte.

Und heute Nacht hat Ihre Frau es herausgefunden?

Was weiß ich, ja. Wahrscheinlich schon länger. Wahrscheinlich ließ sie mich beobachten, das würd ich ihr zutrauen. Formulieren wir es so: Heute Nacht habe ich aufgehört, es zu leugnen.

Und dann?

Hat sie sich ein Glas nach dem andern reingekippt, während ich es vorgezogen habe, mich aushäusig zu besaufen. Mein Gott, wenn ich gewusst hätte, dass …

Hätten Sie das nicht wissen können? Wissen müssen? Ich meine, wie lange sind Sie schon verheiratet? Ich dachte, Sie kennen die Regungen und Schwingungen im Eheleben. Also vermutlich auch die Abgründe, die sich im anderen auftun. Und jetzt kommen Sie mir bitte nicht mit dem »Rätsel Weib«. Sie sind schließlich Psychologe. Und bei Ihrer eigenen Frau sollten Ihre Kenntnisse aussetzen?

Nicht einmal Freud hat das Weib verstanden, Herr Kommissar. Aber so einfach will ich es mir gar nicht machen. Ja, ich hätte es ahnen können, vielleicht, es als eine Möglichkeit in Betracht ziehen müssen, ich stimme Ihnen zu. Aber zuhause bin ich nicht Psychologe, sondern einfach nur Mann. Ein Mann, mit dem ab und zu die Hormone durchgehen und der bestimmte Schwingungen eben nicht erträgt, um bei diesem schönen Begriff zu bleiben. Genauso wenig wie Sie vermutlich. Darum habe ich Sie gefragt, ob Sie verheiratet sind. Sie kommen wahrscheinlich auch nicht jedes Mal mit den Handschellen, wenn Ihre Frau eine eheliche Ordnungswidrigkeit begeht oder Sie sie am liebsten in eine schalldichte Gummizelle stecken würden.

Warum haben Sie sie alleine gelassen, in ihrem Zustand?

Manche Szenen sind mir einfach zuwider. Ich bin abgehauen, ja. Ich kenne diese Szenen. Und es ist nicht das erste Mal, dass ich abgehauen bin. Ein feiger Hund bin ich, ist es das, was sie hören wollen? Ein feiger Hund, wie Millionen andere auch. Konfliktscheu, wenn es darauf ankommt. Bloß weil ich Psychoanalytiker bin, soll ich mein Leben im Griff haben? Haben Sie denn Ihres immer im Griff? Und was hätte ich ihr denn sagen sollen? Entschuldige, Liebes, ich schlafe mit einer anderen, aber ich mach's nie wieder. Lass uns ein bisschen drüber reden … Aber … Simon stockte. Bislang ist sie noch nie aus dem Fenster gesprungen, sagte er leise.

Kann ich vielleicht einen Schluck Wasser haben?

Der Kommissar nickte seinem jungen Kollegen zu. Vorne hinter dem Fahrersitz, sagte er. Der schläfrige Beamte erhob sich träge, als müsste er erst einmal seine Gliedmaßen sortieren. Als der Beamte aufgestanden war, sah Simon sein eigenes kalkweißes Gesicht sich in der Scheibe spiegeln. Plötzlich hatte er freie Sicht nach draußen. Das Fenster zum Hof, dachte er und dann dachte er an die vielen Fenster, die die Sicht auf den Platz freigaben, allesamt Zeugen der Tragödie und seines unrühmlichen Verhaltens, im Geiste sah er die Vorhänge sich bewegen, wie von Geisterhand gezogen. Dahinter die wahren Zeugen. Simon sah auf die Scheibe des Kastenwagens, auf das kalkweiße Oval, das sein Gesicht sein musste, die Augen wie leere Löcher ohne Boden.

Im Hintergrund wuselten immer noch die Schemen der Spurensicherung. Noch weiter hinten die Schaulustigen wie eindimensionale Pappfiguren, wie gemalt, dachte Simon, stumme Zeugen einer stummen Szenerie, mehr nicht. Auch wenn sie sich noch so sehr ereiferten.

Soll ich Ihnen etwas verraten?, flüsterte Simon. Meine Frau war schon früher suizidal, aber das ist lange her. Soll ich deshalb auf Zehenspitzen durchs Leben gehen?

Der Kommissar sah ihn schweigend an. Seine nussbraunen Augen glänzten unter dem Licht der Neonröhre.

War sie in Behandlung?

Früher, ja.

Irgendwelche Medikamente? Er notierte sich den Namen des Hausarztes.

Immer wieder mal. Antidepressiva. In der letzten Zeit nicht mehr.

Sie können jetzt gehen. Der Kommissar legte den Stift weg und rieb sich die Augen. Aber wir müssen Sie bitten, morgen noch einmal aufs Revier zu kommen, gegebenenfalls auch für einen DNA-Abgleich. Dann werden wir Ihre Aussagen noch einmal umfassend zu Protokoll nehmen. Auch die Daten Ihrer, nun ja, Freundin. Er erhob sich. Morgen Nachmittag. Wenn Sie sich etwas ausgeschlafen haben. Er zögerte einen Augenblick. Eine psychologische Betreuung werde ich Ihnen jetzt nicht anbieten. Ich gehe davon aus, Sie haben jemanden, an den Sie sich wenden können.

7

Simon schrak aus seinen Gedanken, als er eine Hand auf seiner Schulter spürte. Er verscheuchte die Lichtkegel, die das Blaulicht vor seinem geistigen Auge auf die Straße warf, die Schatten der Schaulustigen und die behutsamen Schritte der Tatorthelfer, die stille Betriebsamkeit, mit der sie ihre Arbeit verrichteten. Er konnte nicht umhin, ihnen Respekt zu zollen für ihre umsichtige Zurückhaltung.

Ist alles in Ordnung mit Ihnen? Die Hand auf seiner Schulter rüttelte ihn sanft, und als er hochblickte, sah er den kleinen Hundebesitzer mit dem großen Schäferhund, dem er immer wieder auf dem Grünstreifen begegnete.

Ich dachte, Sie seien weggetreten, entschuldigen Sie. Der kleine Mann mit dem Seehundbart sah ihm ernst in die Augen. Sie sitzen schon eine ganze Weile so da, ich wollte mich nicht einmischen. Aber wie soll ich es sagen, Sie wirkten so in sich zusammengesackt. Ich dachte schon, da stimmt etwas nicht. Aber jetzt sind Sie ja wach.

Simon erhob sich von der Bank und schüttelte sich. Danke, ja, ich muss wohl eingeschlafen sein.

Nichts für ungut. Der Mann zog kurz an der Hundeleine und signalisierte seinem Hund, sich in Bewegung zu setzen. Dann tippte er zum Abschied an seine Schiebermütze und setzte seinen Weg fort. Simon beobachtete, wie er allmählich in der Ferne verschwand und schließlich, ganz am Ende des Grünstreifens, eine Plastiktüte aus der Tasche seines Parkas zog, sich bückte und die Hinterlassenschaft seines Schützlings einsammelte.

Eine seltsame Zeit, dachte Simon. In der es Gesetze gab, die den Umgang mit Hundescheiße regelten. Anna hätte gelacht bei dem Gedanken, hätte er ihn laut geäußert. Simon stellte sich ihren schönen Mund vor mit den rissigen Lippen und dem leicht schiefen Schneidezahn. Das war das Erste, was ihm aufgefallen war, als er ihr damals in dem PC-Laden in der Südstadt begegnete. Eine kleine Reparaturwerkstatt, betrieben von ein paar jugendlichen Bastlern, die für wenig Geld und auf sehr unkonventionelle Art ihren verzweifelten Kunden aus der Patsche halfen. Virus in Company, so nannten sie sich, kurz: VIC. Sie dürfen auch »very important cracks« zu uns sagen, frotzelte der sympathische Nerd hinter der Annahmetheke, als Simon zum ersten Mal seinen verseuchten Rechner dort abgab. Ist uns egal, wie Sie die Abkürzung lesen wollen. Wir sind sozusagen »all in one«. Wenn es was zu lösen gibt, dann lösen wir es, darauf können Sie sich verlassen.

Plötzlich hatte der junge Mann innegehalten, einen Augenblick lang sah es so aus, als wäre ihm das Gesicht stehen geblieben, just in dem Moment, als die Ladenglocke ertönte. Hallo Anna, sagte der junge Mann, und dann fast schroff zu Simon: In zwei Tagen können Sie

Ihren PC wieder abholen. Als Simon sich umdrehte, stand Anna in der Tür und lächelte, mit ihrem schiefen Schneidezahn, das herzförmige Gesicht unter einer schokobraunen Pudelmütze. Aber ein schmales, ein lang gezogenes Herz, dachte er. Und ihm war, als lächelte sie nur für ihn.

Alle seine Frauen hatten einen kleinen Schönheitsfehler gehabt. Simon ließ sich zurück auf die Bank fallen und kramte nach seiner letzten Zigarette. Bei Claire war es die kleine Lücke zwischen den Zähnen gewesen, sie selbst hatte sie gehasst. Nie wieder würde er sie deswegen aufziehen, den Spalt mit der Zunge abtasten, wenn er sie küsste. Sie würde diese Lücke mit ins Grab nehmen, ohne dass Simon ihr ein letztes Mal nachspüren dürfte. Wie lange hatte er Claire nicht mehr geküsst, nicht mehr geküsst wie Liebende? Auf die Wange zum Gruß, zum Abschied, ja, aber nicht mehr mit Hingabe. Weil es jetzt Anna gab, der er sich hingab. Was würde er darum geben, Claire noch einmal zu küssen. Claire hatte ihn natürlich irgendwann durchschaut, ihr Instinkt hatte sie nicht getrogen, auch wenn er bis zum Schluss das Gegenteil beteuerte. Bis zum Schluss. Es war geradezu ungeheuerlich, diesen Gedanken zu Ende zu denken.

Simon ging ein paar Schritte zurück Richtung Praxis. Das Verhör durch die Polizei war fürchterlich gewesen.

Er hatte gerungen mit der Wahrheit, aber letztendlich, welchen Sinn hätte es denn gehabt, nicht zu lügen? Seine Version war stimmig und dabei noch nicht einmal ganz falsch. Claire war notorisch eifersüchtig, sie hatten zu viel getrunken. Er war der Streitszenerie entflohen, sie hatte weitergetrunken, er war durch die Nacht gestreunert und irgendwann in der Bar in der Friesenstraße abgestiegen, im Zweifelsfalle gab es dafür Zeugen. Der Alkoholgehalt im Blut pflichtete ihm bei. Als er zurückkam, lag Claire tot auf dem Pflaster.

Auf einen DNA-Abgleich hatten sie letztendlich verzichtet, er war trotz allem erleichtert gewesen. Auch im Treppenhaus hatte niemand etwas gehört, die Familie im Flur gegenüber hatte fest geschlafen und die alte Dame direkt unter ihnen war sowieso fast taub. Natürlich hatten sie auch die Wohnung durchsucht, aber was hatte er schon zu befürchten? Sie wohnten zusammen, die Wohnung war voll von seinen Spuren. Was sollte daran verdächtig sein?

8

Helen sah auf die Uhr. Sie hatte den Schemel aus der Küche ans Schlafzimmerfenster gerückt und beobachtete das Geschehen auf dem Friesenplatz. Noch eine halbe Stunde, dachte sie. Ein halbe Stunde würde sie ihm noch geben. Wenn er dann nicht zurückgekommen war, würde sie hinuntergehen, nichtsdestotrotz. Ein bisschen Risiko war immer. Wer weiß, vielleicht würde er ja überhaupt nicht zurückkommen und irgendwann wäre die Wohnung neu vermietet und alle Spuren des Dramas verlören sich im Nichts. Als wäre nie etwas vorgefallen. So ist das Leben, dachte sie, jeder Einzelne nur ein Rad im Getriebe, vergessen, sobald er unter der Erde ist. Und die Maschinerie lief weiter, die Menschen stöhnten und ächzten unter ihren Lasten, und keiner fragte mehr nach den Unzähligen, die sich ausgedreht hatten im Weltenlauf, in einem letzten Atemzug, einem schmerzhaften Röcheln, vielleicht, einfach ausgelaufen waren, erst leergelaufen, dann tot, peng, still, endgültig aus. Aus die Maus, wie ihre Mutter immer sagte. Ihre Mutter, die schon viel zu lange im Leerlauf gewesen war, bis das Schicksal endlich Erbarmen zeigte und ihr eine Krankheit schickte, die ihren Lauf endgültig stoppte. Da hat die schöne Unbekannte einen glanzvolleren Abgang gehabt, dachte Helen. Und ein glanzvolleres Leben, da war sie sich sicher.

Helen hatte die Dämmerung abwarten wollen. Den ganzen Tag über hatte sie das Nachbarhaus beobachtet, wer kam, wer ging. Mittlerweile glaubte sie, ein paar der Bewohner bereits zu kennen. Seit sechs Uhr früh war sie auf ihrem Posten, sie registrierte, wer um welche Uhrzeit das Haus verließ, sie zählte im Geiste die Parteien im Haus, vier links und vier rechts, wenn man das

Parterre dazunahm. Die Fremde musste von rechts oben gefallen sein, dort also müsste sie suchen.

Einige der Bewohner waren bereits wieder zurückgekehrt von der Arbeit, von ihren täglichen Verrichtungen, manche mit Einkaufstüten, manche studentischer, mit Rucksack und federndem Gang. Nur der Mann im Mantel wollte sich nicht zeigen.

Helen schnappte sich eine Banane von der Kommode neben dem Fenster. Sie hatte sich ein kleines Lebensmitteldepot dort eingerichtet, alles, was ihr Kühlschrank noch hergab. Dazu zwei Thermoskannen Tee, eine Kanne Kaffee, eine Flasche Wasser. Sie bedauerte, dass sie keinen Alkohol mochte. Das wäre jetzt der richtige Moment gewesen für ein Glas Brandy oder Whisky. Mit Robert hatte sie ab und zu Wein getrunken, er hatte ihr eingegossen und sie hatte ein wenig daran genippt, um wenigstens so zu tun, als tränke sie auch. Irgendwie hatte es dazugehört, fand sie, zu einem Abendessen zu zweit, ein gedeckter Tisch mit glitzernden Gläsern. Aber der Wein hatte ihr nie geschmeckt. Und das so künstlich heraufbeschworene Ambiente konnte auch nicht darüber hinwegtäuschen, dass ihre Zweisamkeit im Grunde nichts war als eine gut gemeinte Attrappe, dass ihre Münder längst tot waren und ihre Ohren taub füreinander.

Lange würden die Vorräte nicht mehr reichen, dachte Helen. Sie müsste demnächst einkaufen gehen. Aber wenn das mit den Namen erst erledigt war … Bis dahin durfte sie nichts verpassen. Helen warf die Bananenschale zurück auf die Kommode und hüpfte vom Fensterbrett.

Vorm Haus unten sah sie sich unsicher um. Nur nicht zu viel nachdenken, dachte sie. Sie musste auf den Lichtknopf am Klingelschild drücken, um die Namen richtig lesen zu können. Daran hatte sie nicht gedacht, als sie sich für die einbrechende Dämmerung entschied. Aber sie fand sofort, was sie suchte, es gab nur zwei Doppelnamen, einer im zweiten Stock links, einer ganz oben rechts. Das mussten sie sein: Müller-Prohaska. Ein Bindestrich, kein Schrägstrich. Also mussten sie verheiratet sein. Gewesen sein. Helen hätte zu gerne gewusst, wie die beiden mit Vornamen hießen. Einen Moment lang vergaß sie, dass sie sich unwohl fühlte, dass sie nicht hineingehörte in dieses Haus, dass sie sich am Klingelbrett zu schaffen machte wie eine Diebin. Sie griff wie ferngesteuert in ihre Jackentasche, für alle Fälle hatte sie den Schlüsselbund eingesteckt, einer der Schlüssel passte. Sie drückte sich in den Hauseingang. Von den Fenstern im Treppenhaus fiel ein mattes Licht in den Flur, ein ausgetretener Steinboden, Terrazzo oder so etwas Ähnliches. Kein Holz, Gott sei Dank. In der hinteren Ecke ein kleiner Aufzug. Sie müsste ohnehin die Stufen nehmen. Aufzüge waren laut und blieben dort stehen, wo man sie zurückließ. Das erlaubte unnötige Rückschlüsse. Wie gut, dass sie ihre nur leise federnden Laufschuhe trug, als hätte sie geahnt, wie ihr kleiner Ausflug enden würde. Helen legte sich eine kleine Geschichte zurecht, für den Fall, dass sie jemandem begegnete. Dass sie jemand zur Rede stellte. Was sie hier suche … Eine Freundin von früher, aus Schulzeiten, sie sei zufällig in der Gegend gewesen, und die Türe unten offen, sie habe sehen wollen, ob Frau Müller noch hier wohne. Sie war sich sicher, dass die Fremde Müller hieß, ein enttäuschender Name, wie sie fand, sie hatte etwas anderes erwartet, etwas Reizvolleres. Aber der Name Prohaska konnte es nicht sein, normalerweise wurde der Mädchenname zuerst genannt. Prohaska. Viel besser. Frau Müller hätte besser daran getan, ihren Mädchennamen abzulegen. Nun ja. Sie würde sich mit Müller arrangieren müssen. Ganz leise stieg Helen nach oben, sie atmete vorsichtig und flach.

Schon lange hatte Helen nicht mehr eine solche Aufregung verspürt, es war, als würde sie sich überhaupt seit Langem einmal wieder spüren. Das Druckgefühl in der Magengegend, das Flattern im Brustkorb, ihre schweißkalten Hände.

Sie war erleichtert, als der Schlüssel tatsächlich ins Schloss passte, natürlich hatte sie vorher geklingelt, ganz zaghaft, den Knopf mehr getupft als gedrückt. Sie musste vorsichtig sein, trotz allem. Sie hatte den Atem angehalten, während sie in die Wohnung horchte, auf Schritte lauerte, auf die leiseste Bewegung im Innern hinter der Türe, während ihre rechte Hand sich in ihre Jackentasche grub und nach dem Schlüsselbund tastete, so lautlos wie möglich, einer der beiden größeren Schlüssel musste es sein. Sie hatte sofort den richtigen erwischt, Helen triumphierte innerlich über den von ihr bewiesenen Spürsinn. Sie atmete auf, als die Türe langsam aufsprang, fast geräuschlos, und den Blick in die Wohnung freigab.

Helen drehte sich noch einmal um, aber in der Wohnung gegenüber, im anderen Flügel des Flurs, war alles dunkel. Zumindest drang kein Licht aus den Oberlichtern über der Türzarge. Auf dem Schuhabstreifer davor standen zwei verdreckte Paar Kindergummistiefel, das eine in klassischem Knatschgelb mit dunkelblauem Gummizug, das andere, etwas größere, in Rosa mit den üblichen Mädchenmotiven, Prinzessin Lillifee wahrscheinlich. Solche Gummistiefelchen gab es haufenweise in Helens Kita. Nein, bei den Nachbarn hier oben war niemand zuhause, Gott sei Dank. Sie war ganz allein.

9

Helen zog die Tür hinter sich zu. Sie fand sich wieder in einem relativ aufgeräumten Flur, der sich in ein riesiges Wohnzimmer öffnete. Nie hätte Helen gedacht, dass sich in diesem Haus solch großzügige Wohnungen verbargen. Es roch nach frischem Holz und Orange.

Die großen Fenster ließen gerade genug Licht in den Raum, um die Atmosphäre der Wohnung zu erahnen, die Möbel, die Einrichtung, die Farben und Gegenstände. Lange konnten die beiden noch nicht hier gewohnt haben, dachte sie, alles so neu und unverbraucht, vordergründig, nur die Spuren einer vorübergehenden Verwüstung, die sich durch die Wohnung zogen, selbst im Dämmerlicht erkennbar, ein paar achtlos hingeworfene schwarze Pumps. Sie schaltete die Taschenlampe ihres Handys ein. Ascheflecken auf dem hellen Teppich im Wohnzimmer. Plötzlich nahm sie auch den anderen Geruch wahr, der sich unter den Wohlgeruch mischte, es roch nach Orange und Zedernholz und kaltem Rauch. Sie leuchtete mit der Taschenlampe durch den Raum. Auf dem Sofa eine ausgeleerte Handtasche im Stil einer Birkin-Bag. Diese Frau hatte Geschmack, dachte Helen. Auch wenn sie selbst nur eine graue Maus war, so wusste sie doch sehr genau, was schick war, sie hatte ein gutes Gespür. Hätte sie nur Geld gehabt und den richtigen Mann an ihrer Seite, sie hätte eine ganz andere sein können, sie hätte das Wenige aus sich herauszuholen und in Szene zu setzen gewusst, gewiss, mit ein bisschen Ansporn von außen. Wenn es jemanden gegeben hätte, für den sich die Mühe lohnte. Robert wäre der Mann gewesen, vielleicht, aber der hatte sie aufgegeben, als er sein Ziel erreicht hatte. Der hatte sie auch nur als Sprungbrett benutzt. Vielleicht auch hatte er erwartet, dass sie aus sich heraus zu blühen begann, und sich irgendwann enttäuscht von ihr abgewandt. Vielleicht tat sie ihm Unrecht.

Die ausgekippte Handtasche auf dem hellgrauen Stoff, Pfefferminzbonbons, Lippenstifte, ein Stiftetui aus rotbraunem Glattleder, eine zerdrückte Schachtel Paracetamol, eine Handcreme mit französischem Namen, ein Päckchen Taschentücher, sie hob eines der Sofakissen an, darunter kam ein kleines Notizbuch zum Vorschein, es war in die Ritze zwischen die Polster geklemmt. Sie steckte es hastig in ihre Tasche. Die nur halbherzig beseitigten Spuren eines Gelages, eine halb leere Flasche Whisky, ein Feuerzeug, Ränder und Schlieren auf dem Glastisch, Helen musste ganz genau hinsehen. Sie strich vorsichtig über die Oberfläche des Sofas, fühlte die Qualität des Stoffes. Plötzlich kam sie sich vor wie eine Verräterin. Als wäre ihr Eindringen in diese Wohnung ein Unrecht an der Toten. Und gleichzeitig spürte sie eine unbeschreibliche Erregung, das leise Pfeifen ihres Atems, ihr stolpernder Herzschlag, nur noch ein Blick ins Schlafzimmer, dachte Helen, das zerwühlte Bett in der Dämmerung, eine zerklüftete Landschaft aus Kissen und Kleidern, eine Szenerie, in der die Leidenschaft zu einem Alptraum verkommen war, so schien es, eine Landschaft ohne Farbe, Grau in Schwarz in Grau. Sie müsste bei Tageslicht wiederkommen, dachte Helen. Behutsam setzte sie einen Fuß vor den anderen, nur nicht den Rhythmus ihres Herzens stören, nur noch das Badezimmer, die Küche, dachte sie, nur ein Blick. Sie registrierte zwei leere Flaschen Bordeaux auf der Anrichte. Die Gläser dazu fehlten. Wahrscheinlich hatte die Spurensicherung sie mitgenommen.

Eine schöne Wohnung, dachte Helen. Geschmackvoll und doch nicht steril. Wohnlich. Behaglich. Helen stellte sich vor, wie die Schöne mit dem Mantelmann auf dem Sofa saß, ihren Kopf auf seinen Schultern, mit angezogenen Beinen, einen Kelch Rotwein vor sich her balancierend. Wie er ihr das Rot von den Lippen küsste und sie lasziv den Kopf in den Nacken warf und kicherte. Aus und vorbei. Eine Sekunde nur, und dieser Hals sollte sich nie wieder vor seinen Küssen zurückbeugen. Helen wollte gehen, ihr wurde zusehends unbehaglich. Nur noch auf den Balkon, dachte sie. Das musste noch sein, sie musste den Tatort sehen. Helen zögerte, sie musste sich an der Balkontür festhalten, so elend war ihr plötzlich zumute. Nur noch raus auf den Balkon, hämmerte sie sich ein. Das musste sie tun, unbedingt, sie durfte die Wohnung nicht verlassen, ohne den eigentlichen Schauplatz gesehen zu haben. Helen spürte, wie ihre Brust sich verkrampfte.

Als sie das erste Mal Robert aufgelauert hatte, damals, waren ihr vor Aufregung fast die Beine weggeknickt. Sie hatte sich auf eine Bank setzen müssen, ihr war ganz schwindelig geworden vor Anspannung. Ein Passant war stehen geblieben. Nur eine kleine Schwäche, hatte sie behauptet, vermutlich habe sie sich ein Virus eingefangen, sie warte auf einen Freund, der würde sie nachhause bringen. Sie musste leichenblass gewesen sein, und es war so einfach gewesen, zu lügen. Hatte man erst einmal damit angefangen, ergab sich alles Weitere von selbst. Immer wieder hatte sie zu der Version der Wartenden gegriffen, wenn der Mut sie verließ und ihr die Knie weich wurden, wenn sie sich beim Überschreiten einer Grenze ertappt fühlte. Sie warte nur auf einen Freund, sagte sie dann, und sie sei naturgemäß sehr blass. Und dabei presste sie ihre Hände zusammen und rieb sich die Knöchel. Ihre Hände waren klein und schmal und ihre Finger rot und rissig, immer gerötet, wie sie fand, und immer zu heiß oder zu kalt. Manchmal hatte sie Lust, sie auf eine heiße Herdplatte zu legen, das hatte sie einmal in einem Film gesehen. Eine junge Frau hatte ihre Handteller auf die Herdplatte gepresst, absichtlich, eine ganze Sekunde lang, sie hatte laut aufgestöhnt, wie befreit, und sie dann schlagartig vom Herd weggezogen. Es war, als hätte sie ihren ganzen Schmerz aus sich herausgebrannt, all den Schmerz, den sie seit Jahren nicht mehr spürte. Manchmal, wenn das Badewasser sehr heiß war, fast unerträglich heiß, war es Helen, als wäre das Heiße kalt, als wären heiß und kalt nicht mehr zu unterscheiden. So wie eine Schneeflocke auf der Stirn sich eine Sekunde lang heiß anfühlen mochte. Diese Momente, dachte Helen, wenn die Sinne sich verselbstständigten und sich behaupteten, diese Momente waren der Wahrheit am nächsten.

Immer wieder hatte Helen Robert aufgelauert, hinter einem Busch, auf einer Bank, immer war sie wie zufällig dort erschienen, wo auch Robert war, vor der Schule, auf dem Markt, sie hatte zufällig am gleichen Stand Tomaten gekauft, ein Bund Radieschen, weil ihr das Wort Radieschen gefiel, sie wollte, dass er hörte, wie sie es aussprach. Sie hatte eine schöne Stimme, das wusste sie, dunkel und rauchig, ungewöhnlich tief für eine Frau. Radieschen. Wie Lieschen. Lieschen Müller, so hatte Robert sie manchmal genannt, so unschuldig und naiv, wie sie sich selbst gerne sah. Heute würde sie das dämlich finden. Die Tote war bestimmt auch nicht gerade entzückt darüber, Müller zu heißen.

Damals hätte Helen alles gekauft, um in Roberts Nähe zu sein, ob sie es brauchte oder nicht, nur um in seiner Nähe zu sein und diese sonderbare Erregung zu spüren. Diese Weichheit in den Knien und das Flattern in der Brust, sie hätte unzählige Lügen aufgetischt, nur um ihm nah zu sein. Sie war neunzehn und er stand kurz vor dem Abitur. Sie war fast fertig mit ihrer Ausbildung zur Erzieherin, die sie begonnen hatte, nachdem sie das Gymnasium hatte abbrechen müssen. Ihre Leistungen waren rapide in den Keller gegangen und damit die Hoffnung ihrer Mutter, sie könnte eines Tages studieren und ihrem Vater zeigen, was in ihr steckte. Sechs Monate lang war sie Robert gefolgt, hatte sie jeden erdenklichen Zufall heraufbeschworen, bis er sie endlich erhörte. Da hatte er gerade sein Abitur in der Tasche und auf den Druck seines Vaters hin bei Hugo Boss in Metzingen angefangen. Was hatte es sie doch an Kraft und Überwindung gekostet, Robert für sich einzunehmen. Aber ihre Stimme, die hatte er schön gefunden.

Sie musste jetzt diesen Balkon betreten, mehr nicht. Helen öffnete die Tür, ein leises Quietschen, und sie stand im Freien. Sie machte einen Schritt auf die Brüstung zu, noch einen, nur ein kurzer Blick in die Tiefe. Helen beugte sich ganz weit hinunter, ihr schwindelte. Sie musste die Augen schließen. Erst als sie sich wieder umdrehte, fielen ihr die Gartenwerkzeuge und die Terrakottakübel auf, die ersten Stiefmütterchen, lila und gelb, in liebevollen Arrangements. Die Unbekannte musste einen grünen Daumen gehabt haben, eine Liebe zum Garten. Wer so früh im Jahr seinen Balkon bepflanzte, war eine überzeugte Gärtnerin. Etwas befremdet nahm Helen einen größeren, farbig bemalten Stein aus einem der Blumentöpfe. Dekosteine passten überhaupt nicht in das Bild, das sie sich von der schönen Unbekannten gemacht hatte, damit zierten die Kita-Eltern ihre Balkone und Vorgärten. Vielleicht steckt eine Art Lieschen ja in jeder Frau, dachte Helen, selbst in der beeindruckenden Toten. In gewisser Weise fand Helen diesen Gedanken beruhigend. Sie musste unbedingt herausfinden, wie die Tote mit Vornamen hieß. Helen bückte sich und drückte den Stein wieder in den Topf. Sie verteilte die noch frische Erde gleichmäßig um die Blätter. Dabei wühlte sie ein weiteres, kleineres Steinchen an die Oberfläche. Ohne groß nachzudenken, steckte sie es ein. Es hatte sich gut angefühlt in der Hand, ganz glatt. Es wird Frühling, dachte sie.

10

Dr. med. Simon Prohaska, las Helen, Facharzt für psychosomatische Medizin, Psychotherapie und Psychoanalyse. Alle Kassen und privat, Sprechstunde nach persönlicher Vereinbarung. Einen Internetauftritt fand sie leider nicht. Aber Dr. Simon Prohaska, das klingt gut, dachte Helen. Sie hatte gleich gewusst, dass der Mantelmann etwas Besonderes war. Und sozial eingestellt schien er auch noch zu sein, alle Kassen, stand da, Dr. Prohaska war keiner von diesen Schnöseln, die nur aufs Geld aus waren und deshalb ausschließlich Private behandelten. Helen freute sich über die unerwartet vielversprechende Ausbeute ihrer Recherche. Ein Psychoanalytiker. Nur ein Seelenkundiger, dachte Helen, konnte so schnell die Stimmungen ausloten, die gegen ihn umzuschlagen drohten, passte er einen Moment lang nicht auf, nur ein erfahrener Analytiker konnte so souverän die Straßenseite wechseln, dachte sie, beherzt und selbstsicher agieren, nervenstark, die Gefahr, die ihm drohte, von sich abwenden. Die Tote einfach liegen lassen, bis sie gefunden würde. Gefunden würde sie sowieso, das musste er sich gedacht haben. Und von dort oben, aus dieser Höhe, da überlebte sowieso keiner. Auch ein Analytiker war ein Arzt, aber um zu erkennen, dass die Frau tot war, dazu brauchte es keinen Arzt.

In gewisser Weise war ihr der Fremde schon vertraut geworden. Helen kannte das Haus, in dem er wohnte, zusammen mit seiner schönen, beeindruckenden Frau, die ihm so plötzlich entglitten war, einfach von ihm gegangen. Herausgerissen aus der unermesslichen Fülle ihres gemeinsamen Lebens. Sie mussten ein volles Leben gehabt haben, ja, sie war in ihrer Wohnung, sie hatte sich dort umgesehen. Helen hatte sich ein Bild gemacht. Bald würde sie noch mehr erfahren, ihr Bild vervollkommnen, von ihm, von seinen Vorlieben, seinen Gewohnheiten. Auch das Bild von der Toten, ein Mosaik, das sie Stein um Stein vervollständigte. Die Tote hieß Claire, auch das hatte sie inzwischen herausgefunden. Claire, ein französischer Klang. Ein Name, der Helen mit jedem noch so schrecklichen Nachnamen auszusöhnen vermochte.

Claire Müller und Dr. Simon Prohaska, fortan würde sie die beiden Claire und Simon nennen. Das reichte, das passte.

Helen dachte an die Handcreme aus Claires Birkin-Bag, die auf dem Sofa lag, bei ihrem ersten Besuch, auch diese trug einen französischen Produktnamen, das war ihr sofort aufgefallen. Außer der Nummer fünf von Chanel hatte sich Helen noch nie etwas Besonderes gegönnt. Vor zwanzig Jahren hatte ihr Robert eine kleine Flasche davon geschenkt, ein Klassiker, hatte er gesagt. Und er hatte das Eau de Toilette für sie vorgezogen, nicht das schwere Parfum, sondern die leichtere, luftigere Variante, das passe besser zu Helen, hatte er gesagt. Helen sei keine Frau für die Intensität. Seither hatte Helen ihren Duft nicht verändert, sie benutzte ihn sparsam und unaufdringlich. Nach Robert war es ihr nie in den Sinn gekommen, einen anderen Duft für sich auszuprobieren.

Warum hatte sie sich nie selbst etwas gönnen können? Vielleicht war es ja nicht zu spät, dies zu ändern. Helen war eine gute Beobachterin. Vielleicht konnte sie etwas lernen aus dem Leben der anderen, sich etwas aneignen von ihrem Glanz. Das Geheimnis dieser Frau jedenfalls galt es zu ergründen. Das bin ich ihr schuldig, dachte Helen, und auch ihrem Mann, dem Zurückgebliebenen. Das Geheimnis von Simon und Claire. Deren Hausschlüssel sie besaß. Sie griff in ihre Jackentasche, da war er. Der Schlüssel zu einem ganz neuen Leben. Endlich hatte sie ein Ziel, greifbar nahe, spannend, ein Leben, das sich anfühlte, als wäre es für sie gemacht, nur für sie. Als wären all die Entsagungen und unerfüllten Versprechen der letzten Jahre nur dazu da gewesen, sie auf diesen einen Moment vorzubereiten, den sie jetzt ergreifen musste, annehmen als ihre Bestimmung, dieses einzigartige Ereignis, das kein Zufall sein konnte. So musste es sein, dachte sie und merkte, wie sie vor Erregung vibrierte.

Sie würde Simon sofort wiedererkennen. Sie, Helen, war die Frau im Dunkeln, noch, die heimliche Beobachterin, die in seinem Leben wohnte, ohne dass er es ahnte, auch im Leben der schönen Toten, noch war sie unerkannt, aber eines Tages würde sie mehr sein als nur ein Schatten, sie würde heraustreten ins Licht. Sie würde eine Rolle spielen in seinem Leben, die glamouröse Hauptrolle, neu besetzt.

Helen stand auf und nahm ihr Handy von der Ladestation. Dann wählte sie die Nummer, die sich auf dem Bildschirm ihres Rechners zeigte.

11

In den nächsten zwei Wochen haben wir leider gar nichts frei. Mirjam hatte den Telefonhörer zwischen Schulter und Ohr geklemmt. Sie hörte zu, was vom anderen Ende der Leitung kam, während sie mit der Maus in der rechten Hand den Terminkalender auf dem Bildschirm herunterscrollte, und mit der linken in der Schublade nach einem Rezeptblock kramte. Wenn das mal gut geht, dachte Simon und trat hinter sie, um ihr den Griff in die Schublade abzunehmen. Mirjam dankte ihm wortlos und lächelte.

Nächsten Freitag haben wir die Praxis geschlossen, sagte sie, ausnahmsweise. Und den Dienstag darauf leider auch. Jetzt nahm sie den Hörer in die linke Hand. Ist es dringend?

Simon, der schon wieder im Hinausgehen war, drehte sich um und wedelte abwehrend mit dem Rezeptblock. Nein, bloß nicht.

Tut mir leid, hörte er Mirjam sagen, aber in den nächsten zwei Wochen ist wirklich nichts zu machen. Der Terminkalender ist voll. Anfang April könnte wieder ein Platz frei werden. Mirjam notierte sich einen Namen und eine Telefonnummer. Ja, danke, wir melden uns dann bei Ihnen, sobald wir Ihnen früher etwas anbieten können. Falls ein Patient absagt. Sie legte auf und zuckte mit den Achseln. Angeblich ist es dringend, sagte sie.

Simon warf einen kurzen Blick auf den Notizzettel. Ich rufe sie morgen zurück. Er ging zur Kaffeemaschine und brühte sich einen doppelten Espresso auf. Mit viel Zucker, das brauchte er jetzt. In knapp zehn Minuten würde schon der nächste Patient vor der Tür stehen.

Gerade noch Zeit für eine kurze Zigarette. Und noch etwas, Mirjam, sagte er. Ich gebe Ihnen heute Nachmittag frei.

Simon war froh, dass er sich für eine Praxishilfe entschieden hatte, auch wenn das für einen Analytiker eher unüblich war. Er hasste den alltäglichen Papierkram, der in einer Praxis anfiel, er hasste es, sich mit Rechnungen auseinandersetzen zu müssen, mit der Koordination von Terminen, jede Form der Verwaltung. Und er genoss es, ab und an jemanden zum Smalltalk zu haben. Mirjam war in Teilzeit eingestellt, für die Patienten nur am Telefon existent. Sie hatte ihr Büro in einem eigenen kleinen Zimmer, angrenzend an die Kaffeeküche. Neben der Praxisorganisation kümmerte sie sich um die Blumen im Wartezimmer und im Behandlungsraum, sorgte für Zeitschriften und dafür, dass der Kaffee nicht ausging. Sie war so etwas wie die gute Fee seiner Praxis. Er vertraute ihr uneingeschränkt. Auch darauf, dass sie unsichtbar blieb, sobald ein Patient die Praxis betrat.

Simon steuerte auf den kleinen Balkon hinter dem Sprechzimmer zu, dabei verhedderte er sich mit dem rechten Fuß in einem Zweig des Philodendrons, der ausladend neben der Balkontüre stand. Ein bisschen Grün fürs Gemüt, fluchte er, diese Pflanze bricht mir noch das Genick. Die kleine Tasse ruckelte heftig auf dem Unterteller, der Espressolöffel fiel zu Boden, aber es gelang ihm, sich zu bücken und das Ensemble nach draußen zu befördern, ohne auch nur einen einzigen Tropfen zu verschütten.

Im Hinterhof war es wunderbar ruhig, der Vormittag war mild und die Luft roch würzig nach Erde und Moos. Es wird Frühling, dachte er. Auch ohne Claire würde es Frühling werden und dann wieder Sommer und Herbst und Winter. Und nächstes Jahr um diese Zeit würde ein weiterer Frühling kommen und wieder ein Sommer und immer so fort. Warum sollte die Zeit auch stillstehen, auch ohne Claire würde die Erde sich weiterdrehen. Simon rührte nachdenklich in der schwarzbraunen Brühe, dann schüttete er sie im Stehen herunter, in wenigen Schlucken. Er stellte die leere Tasse auf den kleinen Bistrotisch und lehnte sich über die Brüstung. In der Birke im Innenhof hatte sich eine Plastiktüte verfangen, den Farben nach zu urteilen eine von Aldi. Die Tüte störte ihn. Sie gehörte nicht in diesen Baum. Er versuchte sich zu erinnern, ob sie vor ein paar Tagen auch schon dort hing.

Auf der gegenüberliegenden Seite des Hofes öffnete sich ein Fenster, eine junge Frau im Bademantel streckte ihren Arm heraus und schüttelte ein Staubtuch aus. Sie trug ein weißes Frotteehandtuch auf dem Kopf, zu einem Turban gebunden, und in der noch freien Hand hielt sie eine Zigarette, die sie an den Mund führte und kräftig inhalierte, bevor sie den Rauch ausstieß und mit einer abrupten Geste das Fenster wieder schloss. Erneut missfiel ihm die Aldi-Tüte im Baum. Simon drückte seine Kippe in den Aschenbecher und ging hinein, um seinen Patienten in Empfang zu nehmen, einen jungen Mann, der seit dem Verlust seines Zwillingsbruders durch einen Autounfall an Panikattacken litt. Es fiel ihm schwer, wie gewohnt seiner Arbeit nachzugehen. Als er kurz vor sechs Uhr die Praxis verließ, saß eine Frau auf der von ihm bevorzugten Bank auf dem Grünstreifen. Er musste etwas irritiert geschaut haben, denn sie musterte ihn eigentümlich. Sie hatte eine markante Nase und einen langen Hals. Er überlegte kurz, sich einfach dazuzusetzen, aber dann beschloss er, auf seine rituelle Zigarette zum Tagesabschluss zu verzichten und direkt ins Café Central aufzubrechen, wo Anna ihn erwartete.

12

Das Café Central zählte seit jeher zu seinen Lieblingsorten in Köln. Angegliedert an das dazugehörige Hotel Chelsea, hatte das Central eine lange Tradition als Künstlercafé, mit seinem, wie er fand, existenzialistischen Charme, den ehemals langen Öffnungszeiten und der durchgehend warmen Küche, die auch den Nachtaktiven und spät Hungrigen noch eine Kleinigkeit zu essen versprach. Leider war es mit diesem exklusiven Service längst vorbei und etwaige Nachtschwärmer mussten sich inzwischen andere Auffanglager suchen, sollten sie auch in den frühen Morgenstunden noch keine Lust haben, nachhause zu gehen. Aus Nostalgie aber war er dem Café bis heute treu geblieben. Da er das Central regelmäßig mit Claire frequentierte, hatte er es bislang vermieden, Anna dorthin auszuführen, obwohl sie nicht weit davon in der Engelbertstraße wohnte. In jener Straße, in der auch der legendäre Schriftsteller-Poet Rolf Dieter Brinkmann zuhause gewesen war, bevor er mit fünfunddreißig Jahren in London von einem Auto überrollt wurde, weil er den Linksverkehr nicht beachtet hatte. Ikone und Kultautor der achtundsechziger Bewegung, wie Anna voller Stolz verkündete, und sie wohne hier, gleich nebenan.

Im Central hatte Simon sich also nie mit Anna getroffen, fast nie, so viel Loyalität Claire gegenüber musste sein, darauf legte er Wert. Normalerweise achtete er strikt auf die Einhaltung der unterschiedlichen Lebenssphären mit ihren affektiven Symbolen, er respektierte die den verschiedenen Frauen zugeordneten Örtlichkeiten und Vorlieben, quasi als Tribut an die Einzigartigkeit und Besonderheit der jeweiligen Geliebten. Zumindest redete er sich das selbst gerne ein, auch die Frauen ließ er das glauben. Wohingegen der wahre Grund dieser Reviertrennung ein ganz anderer war, und viel banaler, nämlich die triviale Angst vor der Entdeckung seiner Untreue.

Hin und wieder aber hatte er auch Ausnahmen gemacht. Anna hatte ihn bedrängt, sie wolle wenigstens ein Mal das mit ihm erleben, was er mit Claire teilte. Und prompt war es schief gegangen, er hätte sich niemals darauf einlassen dürfen. Dann hätte es auch niemals diese Fotos gegeben, die Claire ihm in der Unglücksnacht auf den Tisch legte, fein sortiert und gespeichert auf ihrem Smartphone, er selbst mit einer tief dekolletierten Anna im Central, schon sichtbar berauscht und mit Raubtierblick. Er musste wie von Sinnen gewesen sein. Wo er doch sonst immer alles unter Kontrolle hatte. Wer weiß, wem er diese Bilder zu verdanken hatte. Und wer weiß, ob Claire noch am Leben wäre, hätte es diese Bilder nicht gegeben, hätte er die Kontrolle über sich nicht verloren, an jenem verhängnisvollen Abend im Café Central.

Jetzt war Claire tot und er konnte mit Anna hingehen, wohin auch immer sie wollten. Er fragte sich, welch untergründige Mechanismen sie heute dazu gebracht hatten, das Café Central als Treffpunkt auszuwählen. Es war Annas Idee gewesen. Anna habe entschieden, so versuchte er sich freizusprechen. Aber er hätte auch Nein sagen können. Er hatte nicht Nein gesagt. Er musste sich zwingen, an anderes zu denken.

Simon steuerte den Tisch in der Ecke an, seinen Lieblingstisch, rechts von der Bar. Anna hatte gerade geschrieben, sie würde sich ein wenig verspäten. Er orderte ein Glas Rotwein und plötzlich erinnerte er sich an einen lange zurückliegenden Vorfall. Damals schon hatte es diese Vortragsreihe gegeben, Philosophie im Central, das musste Mitte der neunziger Jahre gewesen sein. Er war noch nicht lange in Köln, hatte gerade erst seine Praxis eröffnet. Er war alleine im Café Central gesessen, es war ein lauer Frühlingsabend, der Referent sprach über Kierkegaard und die Liebe, seine Religiosität und den Liebesbegriff. Ein interessanter Vortrag, er hatte ein Glas Rotwein getrunken, genau an diesem Tisch, an dem er jetzt saß, und plötzlich war diese junge Frau am Nachbartisch aufgestanden, eine kleine Dunkelhaarige mit geballten Fäusten. Sie hatte die ganze Zeit über schon an sich halten müssen, so war es ihm vorgekommen, die angespannte Körperhaltung, der gereckte Hals, vor sich nur eine Flasche Wasser, aus der sie sich hastig nachgoss. Ein Glas nach dem anderen. Ganz plötzlich war sie aufgesprungen und hatte hineingerufen in den Saal, mit hochrotem Kopf, ob er, der gescheite Referent, denn auch wisse, dass Kierkegaard eine Geliebte gehabt habe namens Regine Olsen, ob er diese Liebe einfach unter den Tisch zu kehren gedenke, Kierkegaards Verlobte, die er habe sitzen lassen, schmählichst im Stich gelassen. Ob er es nicht wert fände, diesen Umstand zu erwähnen. Einfach sitzen gelassen. Sie machte ein paar Schritte auf den Redner zu, der fassungslos dastand und abwehrend die Arme hob, dazu ansetzte, etwas zu erwidern. Sie sind alle gleich, die Männer, schrie die Unbekannte, Regine Olsen, schrie sie, merken Sie sich das,

das war ihr Name. Als sie auf den Redner losgehen wollte, kamen zwei Männer vom Personal angerannt, sie packten sie an den Armen und führten sie vorsichtig hinaus. Simon war ihnen nach draußen gefolgt. Ich bin Psychotherapeut, sagte er. Er raunte es ihnen zu. Ich werde mich um sie kümmern. Als er mit der Frau alleine war, fing sie an zu zittern und leise zu weinen. Er legte seine Jacke um ihre Schultern. Plötzlich war die junge Frau wieder völlig klar. Nur in der Straßenbahn, da wollte sie ihre Handtasche aus dem noch offenen Wagen werfen, kurz bevor die Bahn sich in Bewegung setzte. Simon hatte sie gerade noch daran hindern können. Ihre Identität, dachte er. Sie wollte sich selber auslöschen. Jetzt wolle sie nur noch nachhause, hatte sie gesagt. Er hatte ihre Papiere durchgesehen. Und sie zu ihren Eltern gebracht.

Simon schaute nervös Richtung Tür. Wie die Tage wieder länger wurden, dachte er. Heller. Als wäre das alles nicht passiert. Als Anna endlich eintraf, war er in sehr düsterer Stimmung. Daran änderte auch die schokobraune Zipfelmütze nichts, die Anna trug.

13

Die Polizei hatte sich auch bei Anna gemeldet, am Tag nach Claires Tod. Sie habe nichts Außergewöhnliches bemerkt, hatte Anna zu Protokoll gegeben, auch nicht in letzter Zeit, nein. Sie erzählte der Polizei, seit wann sie ihn, Simon, kannte. Wo sie sich kennen gelernt hatten. Wo sie sich normalerweise trafen. Nein, persönlich habe sie Claire nicht gekannt, auch nichts Auffälliges beobachtet im Umfeld der Beziehung. Allerdings habe sie ab und zu Anrufe erhalten mit unterdrückter Nummer. Vielleicht habe Claire schon vor Längerem etwas herausgefunden und versucht, sie zu kontaktieren. Angeblich sei sie sehr eifersüchtig gewesen, das leider zu Recht. Und in der Tatnacht habe Claire bei ihr angerufen, sie habe sie zur Rede stellen wollen. Sie habe sie ganz schnell abgewürgt. Irgendwann später, da sei Simon bei ihr aufgetaucht, völlig aufgelöst, so gegen halb drei, er habe mit Claire gestritten, sie habe alles herausgefunden, habe er gesagt, er sei in Aufruhr gewesen und angetrunken. So gegen halb drei, gab Anna zu Protokoll, was sich offenbar deckte mit den Aussagen einer Hausbewohnerin, die in der Nacht Geräusche im Treppenhaus wahrgenommen hatte, die genaue Uhrzeit habe die Nachbarin nicht benennen können, aber gegen halb drei, das würde hinkommen. Sie würde häufig nachts wach, immer zwischen zwei oder halb drei, hatte die Nachbarin der Polizei gesagt, sie habe eine innere Uhr. Anna gab an, sie habe Simon eine halbe Stunde später wieder nachhause geschickt, zurück zu Claire. Er könne seine Frau so nicht alleine lassen, habe sie gesagt, nicht in diesem Zustand. Sie müssten morgen reden, sich alle an einen Tisch setzen, das habe sie ihm vorgeschlagen. Aber stattdessen sei er offenbar durch die Nacht gepilgert und in dieser komischen Boxerbar abgestiegen, wie sie später erfahren habe. Er habe sich wohl gescheut, nachhause zu gehen.

Die Polizei hatte ihre Erkundigungen in der Bar eingezogen, die sich mit Annas und Simons Angaben deckten. Simons Rechnung schien aufzugehen, er hätte erleichtert sein können. Claires Smartphone hatte er bewusst auf der Kommode im Schlafzimmer liegen lassen. Natürlich hatte er ihre letzten Anrufe nicht gelöscht. Er wollte sich keineswegs verdächtig machen. Natürlich hatte er dort auch seine Fingerabdrücke hinterlassen. Dem Kommissar gegenüber hatte er angegeben, dass er Claire das Telefon oft hinterhertrug. Sie sei fürchterlich zerstreut gewesen und ständig habe sie irgendetwas verlegt. Was nicht gelogen war. Eben auch das Smartphone. Und in der Nacht hatte sie es ihm sogar in die Hand gedrückt. Simon hatte die Polizei auf die Fotos hingewiesen, die sie ihm im Laufe des Streites aufgetischt hatte. Er mit Anna im Café Central. Sie können sich ja mal ihr Smartphone anschauen, hatte er dem Kommissar nahegelegt, er hatte es ihm regelrecht aufgedrängt. Da können Sie sehen, was für ein Schwein ich bin, hatte er gesagt. Denn für ein solches halten Sie mich doch. Mein Fremdgehen mit Anna, fotografisch festgehalten.

Glaubhafter hätte er sich nicht verhalten können. Dazu die Aussage von Anna. Kurz darauf waren die Ermittlungen eingestellt worden. Er hätte erleichtert sein können über den Verlauf. Er war es nicht.

Jetzt bist du mir etwas schuldig, sagte Anna. Sie sah ihn provozierend an. Er zuckte zusammen. Im Spiegel hinter der Bar konnte er sein Gesicht sehen, bleich zwischen den Whiskyflaschen. Selbst auf die Entfernung konnte er erkennen, wie jämmerlich er aussah, er spürte förmlich, wie ihm die Farbe entwich. Der Mann dort im Spiegel, das war ein anderer, hohlwangig, kantig, Nase und Kinn noch hervorstechender als sonst, noch schärfer konturiert, wie die zu schwungvoll dahingeworfenen Züge einer Comicfigur.

Jetzt bist du mir etwas schuldig. Annas Mundwinkel zuckten. Dann warf sie ihre Haare in den Nacken und prustete los. Wie leicht er doch zu erschrecken sei. Sie lachte, als wäre das Leben eine Achterbahn. Eine Heiterkeit, die jeden Moment zu kippen droht, dachte Simon, diese Spur von Hysterie. Er griff nach Annas Hand, die auf dem Tisch lag, sich am Stil ihres Weinglases festhielt. Bringen Sie uns noch ein Glas, rief er dem Kellner zu. Anna hatte schlagartig aufgehört zu lachen. Du weißt ja, wie du mich entschädigen kannst, flüsterte sie. Er versuchte, ihrem Blick standzuhalten. Ganz ohne Lüge, sagte sie. Keine Ausreden mehr. Sie hüstelte, ein Anflug von Bitterkeit. Nur wir zwei. Das war es doch immer, was wir wollten. Was *du* wolltest, sagte er. Und im selben Moment schämte er sich für diesen Satz. Was auch ich wollte, dachte er.

Und er dachte an Anna in ihrer schokobraunen Mütze,

an den Augenblick, als er sie zum ersten Mal gesehen hatte, da hatte der Winter noch vor ihnen gelegen, der Herbst und der Winter und das beginnende Frühjahr, er hatte sofort Feuer gefangen. Das Lachen, mit dem sie in den Laden getreten war. Er wusste, dass das Lachen nicht ihm gegolten hatte, sondern dem sympathischen jungen Mann hinter der Ladentheke. Er hieß Basti, wie er später erfuhr. Was für ein kindischer Name. Skateboard-Typ, eine Nuance zu nett. Der junge Mann war sichtlich errötet, als Anna eintrat, was Simons Interesse erst recht angestachelt hatte. Sie hatte eine Packung Kekse in der Hand, die sie dem PC-Freak entgegenhielt. Sie hatte sich umgedreht und auch Simon welche angeboten. Danke. Mandel-Spekulatius. Vor Überraschung hatte er nichts weiter entgegnen können.

Simon hatte vor der Tür auf Anna gewartet. Ob er sie ein Stück mitnehmen solle? Die Gutgläubigkeit, mit der sie in sein Auto gestiegen war. Plötzlich erschreckte ihn der Gedanke daran. Er dachte an die nächtliche Stadtgartenszenerie, die er seit dem Unglücksmorgen nicht mehr aus dem Kopf bekam. Würde Anna auch zu anderen Männern ins Auto steigen, einfach so? Damals hatte sie ihn gebeten, in der Engelbertstraße kurz anzuhalten, vor ihrem Haus, ein verschämtes Lächeln. Na ja, sie habe eine Laufmasche in der Strumpfhose, das habe sie gerade eben bemerkt. Sie hatte sich mit dem Rücken zu ihm vor die Fahrertür gestellt. Seitlich unter dem Rock, sagte sie. Sieht man die? Nein. Auch nicht, wenn ich mich bücke? Sie machte eine ausladende Kippbewegung nach vorne, streckte ihm den Hintern entgegen. Nein, auch dann nicht, Simon lachte. Sie wollte trotzdem andere Strümpfe anziehen. So fühle sie sich sicherer, sagte sie, vor allem bei der Arbeit. Wo ihr so viele Leute auf den Po starrten, wenn sie ihre Bestellungen aufnahm und ihr Tablett durch die Tischreihen trug.

Eine Stunde später hatte er sie am Stadtgarten abgesetzt.

Du weißt ja, wie du mich entschädigen kannst. Anna drückte seine Hand etwas fester und nahm einen letzten Schluck Rotwein aus ihrem Glas, während der Kellner zwei volle vor sie hinstellte. Simon sah hinaus auf die Straße, es hatte geregnet inzwischen und die Bordsteine glänzten. Sex war das Letzte, wonach ihm heute der Sinn stand. Durch die geöffnete Tür beobachtete er das hektische Treiben der Städter, die aufblitzenden Scheinwerfer der vorbeifahrenden Autos. Und er fragte sich, wie das alles nur weitergehen sollte.

14

Helen strich sich mit der Hand über den Nacken, über den zarten Flaum, der sich unter dem Haaransatz abzeichnete. Wie damals, wenn Robert frisch vom Frisör gekommen war, dachte sie, so ähnlich hatte sich das angefühlt, aber doch irgendwie stacheliger, widerborstiger. Männlicher, vielleicht. Ihr Flaum dagegen war weich und duftig, trotz der aggressiven Tinktur, die ihr die Farbe aus den Haaren gezogen hatte. In kleinen Flöckchen waren ihre Haare zu Boden gefallen, den schwarz-glänzenden Umhang heruntergerutscht, später hatte man sie achtlos zusammengekehrt. Sie fuhr sich über den sehnigen langen Hals. Na so was, ein Schwanenhals. Sie erinnerte sich an die spöttelnden Kommentare ihres Vaters. Diese würden ihr nichts mehr anhaben, jetzt, da sie ein neues Leben begann. Eine neue Helen. In wasserstoffblondem Glanz. Frech. Zupackend.

Dr. Prohaska hatte sie persönlich ins Sprechzimmer geholt. Er hatte Stil. Sie war sofort auf einen der Sessel zugesteuert, scheinbar zielstrebig, dann plötzlich unschlüssig, welchen sie nehmen sollte. Er musste ihr Zögern bemerkt haben, eine Sekunde zu lang war sie vor dem Chefsessel stehen geblieben. Wollen Sie selbst gleich die Regie hier übernehmen, bitte, hatte er gesagt. Er hatte sie sofort entwaffnet.

Nein, natürlich nicht. Plötzlich fühlte sie sich gar nicht mehr stark.

Ein schöner Raum, sagte sie und musterte die Stucklinie unter der Decke, die Gemälde an den Wänden, Originale, dachte sie, keine Reproduktionen aus dem Kaufhaus, Aquarelle und Ölbilder, Zeichnungen. Landschaften wie Träume, abstrakte Gebilde in beruhigenden Farben. Links neben der Balkontür plätscherte ein Zierbrunnen aus Salzkristall.

Dr. Prohaska wies ihr einen der kleineren grauen Sessel zu und setzte sich ihr gegenüber in den cognacfarbenen Ledersessel mit den zerschlissenen Armlehnen. In den Chefsessel. Er schwieg einen Moment, zu lange, wie sie fand, bevor er sich dazu herabließ, das Gespräch zu eröffnen. Helen zögerte. Wieder strich sie sich über den Nacken, diesmal irritiert, dass ihr keine Haare mehr über die Schultern fielen, auch nicht vors Gesicht. Plötzlich kam sie sich nackt und schutzlos vor. Was sie zu ihm führe? Helen hatte sich ihre Symptome sorgsam zurechtgelegt. Schlafstörungen, sagte sie, diese schrecklichen Schlafstörungen.

Er hat meinen neuen Haarschnitt noch nicht einmal bemerkt, dachte Helen. Sie hatte gedacht, er würde sie vielleicht wiedererkennen, sie hatte es insgeheim gehofft. So wie er sie angesehen hatte, damals, als er sie das erste Mal auf der Bank auf dem Grünstreifen hatte sitzen sehen. Wenn er sie doch erkannt hatte, dann ließ er es sich jedenfalls nicht anmerken.

Und wie lange haben Sie diese Schlafstörungen schon? Und warum kommen Sie gerade jetzt, um sich Hilfe zu suchen?

Und wie würden Sie diese Störungen beschreiben? Beschreiben Sie mir eine typische Nacht.

Dieser immer wiederkehrende Alp, sagte Helen. Ich stehe am Fuße einer Klippe, oder eines steilen Berges, und von oben fliegt eine Person auf mich zu, ich sehe sie den Berg herabstürzen. Und je näher sie kommt, desto besser kann ich sie sehen. Sie zerschellt auf dem Boden. Ich habe die schlimmsten Befürchtungen und eine schreckliche Angst. Wenn ich mich dann hinunterbeuge, erkenne ich, dass diese Person ich selber bin. Ich schreie und wache auf. Verstehen Sie, Herr Prohaska, ich sehe mir selber beim Absturz zu. Helen fixierte den Therapeuten. Sie registrierte ein kurzes Flackern in den Augen des Analytikers, ein leichtes Zucken um die Mundwinkel.

Und dann?, fragte er.

Habe ich Probleme zu atmen, mein Brustkorb schnürt sich zu, mein Herz rast. Ich habe Angst zu ersticken. Haben Sie niemals Panik, Herr Doktor? Oder Angst vor dem Leben?

Um mich geht es jetzt nicht, Frau Winter.

Dabei habe ich noch nicht einmal Angst vor dem Tod, sagte Helen. Seit ich denken kann, sagte sie, habe ich Angst davor, geboren zu werden. Der Therapeut horchte auf. Wie ein Jongleur griff er die ihm zugespielten Bälle auf und spielte sie zurück. Und mit jedem Wurf schien er etwas mehr zu Tage zu fördern, Helen tat so, als beugte sie sich seinen Fragen.

Sie begann, Gefallen an dem Gespräch zu finden.

Die Geschichte von Tom würde sie ihm erst später erzählen, dachte sie, nicht alles auf einmal. Auch die von ihrem Vater, sie würde sie wohl dosieren. Helen reckte sich in ihrem Sessel. Helen mit dem Schwanenhals, dachte sie, sie würde es allen zeigen.

Und plötzlich war die Stunde um. Die Zeit war viel zu schnell vergangen. Täuschte sie sich, oder war der Therapeut zum Ende hin fahrig geworden? Er war zum Schreibtisch gegangen, hatte nach etwas gesucht. Dann hatte er sie entlassen mit einer Hausaufgabe. Sie solle sich ihre Träume notieren, außerdem fünf Sätze über ihre Familie. So ein Blödsinn, dachte Helen.

Schade, dass er selbst so wenig gesagt hatte, sie versuchte, sich seine Stimme zurückzuholen. Und wie er die Beine übereinanderschlug. Dunkle Strümpfe in Schuhen aus Veloursleder, sportlich, nicht zu fein. Simon. In Zukunft würde sie ihn Simon nennen, nur für sich. Aber ihren Haarschnitt, den hätte er schon kommentieren können, dachte Helen, als sie die Treppe hinuntersprang. Auf der Bank auf dem Grünstreifen saß der Mann mit dem Schäferhund. Der, der dort immer saß.

15

Gib Jasper die Schaufel zurück, Leo. Nein, du kannst nicht ohne die Matschhose rausgehn, Hanni. Und es gibt sowieso gleich Mittagessen, Reis mit Erbsen und Hühnchen. Auch Möhren. Nein, du musst natürlich kein Fleisch essen, du darfst auch nur die Möhrchen essen. Und Schokopudding, ja. Jasper, Leo, kommt ihr bitte auch gleich rein.

Helen quetschte sich in eines der Kindersesselchen und stöhnte auf. Schon wieder »Mensch ärgere dich nicht«. Langsam bekam sie schon Brechreiz beim bloßen Gedanken an diese Spiele. Die ewige Wiederkehr des immer Gleichen, wie Robert zu sagen pflegte, wie Recht er doch hatte. Wenigstens kam Marie jetzt mit der Schachtel ihres Lieblingspuzzles angelaufen, das mit den drei Schweinchen, das Helen um Längen einer weiteren Runde »Mensch ärgere dich nicht« vorzog.

Gestern Abend hatte sie einen Anruf aus der Praxis erhalten, er war auf dem Band, als sie von der Kita nachhause kam. Gleich die zweite Sitzung hatte er ihr wieder abgesagt, aus zwingenden Gründen. Mit Bedauern und der Bitte um Verständnis. Das übliche Gerede. Dabei hatte sie sich schon so sehr darauf gefreut. Helen hatte sofort zum Hörer gegriffen, aber nur noch den Anrufbeantworter erreicht. Sie hatte nichts darauf gesprochen, was hätte sie auch sagen sollen. Immerhin hatte er selbst sie angerufen, mit seiner schönen Stimme. Hier ist Dr. Prohaska, hatte er gesagt.

In der Küche hantierte Romy zusammen mit Ann-Kathrin mit den Thermoboxen herum. Gerade war das Essen angeliefert worden und der Geruch von gedünstetem Gemüse wehte herüber ins Spielzimmer. Den würden sie wieder den ganzen Tag nicht loswerden. Immerhin gab es schlimmere Duftnoten als Huhn mit Gemüse. Erst nächste Woche hatte Helen selbst wieder Küchendienst, früher hatte sie das gehasst, doch inzwischen war ihr das Auf- und Abräumen, zusammen mit den eingeteilten kleinen Helfern, weitaus lieber als die üblichen Rituale der Kinderbespaßung, die noch dazu pädagogisch wertvoll zu sein hatten. Darauf legten nicht nur die Kindergartenleitung, sondern auch die Eltern ungemeinen Wert. Helen erinnerte sich an ihre eigene Kindergartenzeit. Damals wurde man morgens abgegeben, man spielte und tobte und bastelte, man schlug sich die Köpfe ein, mag sein, auch das, hin und wieder saß man auf dem Strafbänkchen, und Punkt halb eins wurde man wieder abgeholt. Da wurden keine Gespräche geführt über die neuesten Lernerfolge der Zöglinge, über die Früchte der jüngst beschlossenen individuellen Förderung, da gab es keine Wunderfitzmappen und Würzburger Trainingsprogramme. Sie waren trotzdem groß geworden.

Und heutzutage? Diese endlosen Diskussionen. Dieses Pseudo-Fachsimpeln. Diese Mütter, die sich in die Haare bekamen über ein Glas Apfelsaft oder den Schadstoffgehalt in der Kinderregenjacke. Sie waren nicht alle so, Gott sei Dank.

Und wie sehr hatte sie sich selbst ein Kind gewünscht, damals mit Robert, dem Einzigen, der dazu infrage gekommen wäre. Eine vollständige Familie hatte sie sich gewünscht. Nicht so zerrüttet wie die Familie ihrer Kindheit, der sie ein Leben lang zu entfliehen suchte. Das Schicksal hatte damals ordentlich nachgeholfen, wenn auch nicht unbedingt zum Guten. Wer weiß, was aus ihr geworden wäre, wäre sie in eine andere Familie hineingeboren worden. Dieses grässliche Dorf auf der Alb, kein Wunder, dass ihr Vater gegangen war. Und ihr Bruder, der auch. Sie schluckte. Sie stand auf und griff nach der Wasserflasche. Wer weiß, was sie selbst für eine Mutter abgegeben hätte. Vielleicht war sie in der Tat ungerecht und hätte in Wahrheit selbst gern dazugehört, ihretwegen auch zu diesen Turboeltern, über die sie unentwegt schimpfte, weil sie sie insgeheim beneidete. All diese Eltern mit ihren interessanten Lebenswegen und Perspektiven, die sich reproduzierten in kleinen, ich-starken Geschöpfen, zu Bestleistungen gedrillt und schon jetzt dazu auserkoren, als zukünftige Helden den Namen der Familie zum Glänzen zu bringen. Helen beneidete die Eltern um ihre Kinder und die Kinder um ihre Eltern. Und alle zusammen um ihr Selbstbewusstsein und ihre Entfaltungsmöglichkeiten. Was hatte das Leben ihr selbst denn zu bieten gehabt?

Du musst auch Puzzleteile anfassen, klagte Marie. Alleine mag ich nicht. Offenbar hatte sie gemerkt, dass Helen sich gedanklich ausgeklinkt hatte. Diesen Kleinen konnte man eben nichts vormachen, die kapierten alles, und das blitzschnell.

Schon gut, Marie, aber es gibt eh gleich Essen.

Helen kniete sich neben Marie auf den Boden und vervollständigte mit ein paar Handgriffen den Kopf des ersten Schweinchens. Das mit der blauen Schleife. Helen wusste, dass Marie lieber das in der Mitte legte. Das mit der weißen Schleife.

Aus zwingenden Gründen bleibe die Praxis heute leider geschlossen, hatte es auf dem Anrufbeantworter geheißen. Er hatte nicht nur ihr abgesagt, sondern allen Patienten. Natürlich. Simon hatte den Tod seiner Frau zu verarbeiten. So ein überraschender Tod, das wirft einen schon aus der Bahn. Und wer weiß, was sich an jenem Abend in der Wohnung der beiden alles abgespielt hatte. Womöglich hatte er noch ganz andere Dinge zu verarbeiten. Ärgerlich war es trotzdem. Er hatte eine schöne Therapeutenstimme, dunkel und sonor.

Der Gong ertönte, der die Kinder zum Mittagessen rief. Helen erhob sich. Sie würde es herausfinden, dachte sie, alles.

Und sie würde nachsehen, ob er nicht doch in der Praxis war heute. Auf dem Heimweg würde sie dort vorbeigehen. Simon, dachte sie.

16

Mein Bruder ist tot. Mein Vater ist tot. Meine Mutter ist tot. Auch meine Katze. Der Alb-Gott ist tot. Das waren genau fünf Sätze, sagte Helen.

Genau genommen nur viereinhalb.

Warum das?

»Auch meine Katze« ist eine Ellipse. Simon lächelte.

Eine was?

Ein Halbsatz, unfertig.

Wie mein Leben, sagte Helen. Das passt ja.

Das Leben ist niemals fertig.

Simon überlegte, wie er das Gespräch fortführen sollte. Diese Frau war ein harter Brocken, eigentlich mochte er das. Aber irgendetwas beunruhigte ihn an dieser Patientin. Sie war nicht eigentlich schön. Hässlich-schön, könnte man sagen. Er suchte nach Worten, um die seltsame Anziehung zu umschreiben, die Helen auf ihn ausübte. Ungreifbar, ätherisch, androgyn. Kontrolliert, auch das. Dabei ängstlich-nervös und zart. Sie hatte etwas Klirrendes an sich, etwas Zerbrechlich-Kaltes. Helen Winter. Nomen est omen, dachte er. Eine Frau wie ein Winterfrost. Er musste an die Schneekönigin denken aus dem Märchen, die in ihrem Eispalast saß und verbitterte, nur ein heißes Herz konnte ihre Herrschaft zum Schmelzen bringen. Er fragte sich, wo unter dieser Kälte sich ein Funken versteckt hielt. Ob diese

Kälte nur dazu diente, sie zu schützen. Ihr Feuer zu verbergen.

Und in welcher Reihenfolge würden Sie Ihre fünf Sätze nun gewichten?

Was glauben Sie denn, Herr Prohaska?

In genau der Reihenfolge, in der Sie sie genannt haben.

Warum fragen Sie dann?

Weil ich in Wahrheit eine andere vermute.

Simon spürte, wie Helen einen Moment lang die Fassung verlor. Verunsichert massierte sie mit der rechten Hand ihren Nacken. Plötzlich war ihm, als hätte er diese Frau schon einmal gesehen. Diese Geste. Diese fast hochmütige Art, den Kopf nach hinten zu werfen. Er hatte den Eindruck, als spielte Helen ein Spiel mit ihm. Das taten Patienten, wenn es darum ging, sich zu öffnen.

Ich wundere mich, warum mir gerade das Bild von der Schneekönigin in den Sinn kommt, sagte er.

Helen runzelte argwöhnisch die Stirn.

Kennen Sie das Märchen?

Sie nickte. Wollen Sie damit sagen, dass ich gefühlskalt bin?

Ich frage mich lediglich, warum bei mir der Eindruck entsteht, Sie würden vor Wärme fliehen.

Vielleicht vor so einem Heißblüter wie Ihnen? Helen lächelte.

Simon erschrak. Er beschloss, diese Äußerung zu ignorieren.

Ihre Eltern sind tot, sagen Sie, Ihr Bruder, Ihre Katze. Was meinen Sie damit, wenn Sie sagen, Ihr Alb-Gott ist tot?

Ist doch klar, sagte Helen. Die Schwäbische Alb und alles, was damit zusammenhängt, einfach grässlich. Das kleine Dorf, das Gerede, die Bigotterie. Am Sonntag rennen Sie alle in die Kirche und wenn sie herauskommen, verreißen sie sich die Mäuler. Vetterleswirtschaft, heimliche Liebschaften, Trostlosigkeit. Zweimal am Tag fährt ein Bus nach Münsingen. Haha. Und in dem einzigen Gasthof am Ort riecht es nach Bratensoße und Chlor. Kein Wunder, dass mein Vater von dort abgehauen ist. Und mein Bruder auch. Wer dort groß wird, muss jedem Gott irgendwann abschwören. Als Kind kennt man nur das, was man sieht. Nur die eigene kleine Welt, die zerrüttete Familie, die gelangweilte Mutter. Von Gott gegeben, so glaubt man. Aber das Leben ist anderswo.

Und Sie selber, Helen? Sie sind auch abgehauen.

Ja, mit Robert.

Helen schwieg eine Sekunde. Aber Robert ist nicht wichtig, sagte sie dann.

Ihr Vater ist also zuerst gegangen …

Wahrscheinlich, weil er das halbe Dorf geschwängert hat. Helen sah ihn provozierend an. Er hat nie da hineingepasst, genauso wenig wie mein Bruder. Tom. Sie sind beide nach Köln gegangen.

Wie Sie auch.

Ja. Plötzlich schien Helens Haltung zusammenzubrechen, sie rückte sich in ihrem Sessel zurecht. Ihre Augen glänzten, als kämpfte sie gegen einen Gedanken an, den sie nicht haben wollte. Gegen die Tränen. Ich arbeite in der Kita am Volksgarten, sagte sie. Aber das wissen Sie ja. Das steht auf meinem Anmeldebogen.

Vielleicht erzählen Sie mir beim nächsten Mal, wie Ihr Bruder gestorben ist, sagte Simon. Wenn Sie wollen. Er bemühte sich um einen neutralen Ton. Und Ihr Vater. Und Ihre Mutter.

Meine Mutter, die war eigentlich immer schon tot.

Damit fangen wir das nächste Mal an, mit dem Tod Ihrer Mutter. Wir nehmen uns in der nächsten Sitzung Zeit dafür.

Und zum Abschluss vielleicht noch ein ganz anderer Satz, fragte er, ganz spontan? Für den Halbsatz, sagte er, für die Katze.

Ich hasse Kinder, sagte sie.

Simon geleitete Helen zur Tür.

17

War ja klar, dass er mit ihr die Kindheit auseinandernehmen würde. Das taten sie immer, diese Therapeuten. Helen hatte sich einen Barhocker besorgt. Damit konnte sie sich bequem am Fenster positionieren und alles überblicken. Den Friesenplatz, den Hauseingang.

Wie es sich anfühlen musste für Simon, plötzlich alleine hier ein- und auszugehen. Ob er die Wohnung inzwischen aufgeräumt hätte? Helen stellte sich vor, wie er alleine in seinen Trümmern saß, den Trümmern seines Lebens, unfähig, etwas zu bewegen. Wie die Nachbarn auf der Alb, die nach dem Motorradunglück ihres Sohnes, Martin hatte er geheißen, in seinem Zimmer alles so gelassen hatten, wie er es zurückgelassen hatte, den Kalender auf seinem Schreibtisch, mit der Urlaubsplanung für den Sommer 1998, fett angestrichen mit einem Textmarker und einem Smiley dahinter. Sogar den vom Unfall verbogenen Schlüssel hatten sie dort ausgestellt. Und in der Wohnstube ein Tisch wie ein Altar, mit einer weißen Batist-Tischdecke, Martins Bild in einem Silberrahmen neben seiner Taufkerze. Und eine weiße Kerze, die sie regelmäßig anzündeten, auch dann noch, als sie längst keine Tränen mehr hatten, und der Mann schließlich seine Liaison mit der Vogler-Witwe wiederaufgenommen hatte. Das waren nämlich Katholische, so hatte es immer geheißen im Dorf, und da lägen beten und sündigen besonders nah beieinander.

Ob Simon ebenso an seinen Claire-Reliquien festhielt? Er hätte es verdient, noch einmal neu zu beginnen, fand Helen, ein neues Leben. Mit einer neuen Frau. Schließlich waren sie hier nicht auf der Alb, sondern in Köln. Im katholischen Köln zwar, aber auch dort wurde wieder gesündigt nach dem Beten. Gerade dort. Man musste sich nur einmal die ganzen Karnevalsbabys vor Augen führen.

Man kann sich nicht gegen das Leben versichern, dachte Helen. Es kommt, wie es kommt. Es küt, wie es küt, wie die Kölner sagten. So wie irgendwann diese Claire in ihr Leben gekommen war, buchstäblich vom Himmel gefallen. Genauso gut hätte Helen selbst dort auf dem Pflaster liegen können, eine andere Helen, vielleicht. Eine Helen voller Rätsel, voller Zauber, voll von Geheimnissen, vielleicht, die sie mitnähme, den Lebenden entrisse, einer Nachwelt, die fortan versucht wäre, diese Helen zu entblättern, nachträglich, ihr reiches und übervolles Leben, ihr Lieben, all das, was sie antrieb … Eine Helen so wie diese Frau, die vom Himmel gefallen war, so wie Claire. In manchen Momenten fühlte sie sich eins mit der Toten. Und je näher sie Simon kam, desto identischer wurde sie mit Claire, mit ihrem Wesen und Leiden, das spürte sie, bis dieses blässliche Geschöpf von der Alb eines Tages ganz verschwunden sein würde, diese erbärmliche Helen, die es nötig gehabt hatte, einem Mann wie Robert hinterherzulaufen, der ihr nichts geboten hatte als ein regelmäßiges gemeinsames Abendessen. Dem es in all den Jahren nicht gelungen war, sie, Helen, zum Blühen zu bringen. Nicht so wie Simon. Der sie erleuchtete mit einem Wimpernschlag.

Wie viele Stunden hatte sie sich bereits hier postiert? Hier, am Fenster ihres verwaisten Schlafzimmers, mit

Blick auf den Friesenplatz. Sie, die Herrin über das Kommen und Gehen. Aber nur selten hatte sie Simon den Platz überqueren sehen. Und zu völlig unberechenbaren Zeiten. Sie müsste seine Bewegungen noch genauer eingrenzen, seinen Radius einzirkeln. An manchen Tagen schloss er seine Praxis schon um vier. Dann entwischte er ihr. Und an manchen Tagen schien er gar nicht daheim aufzutauchen. Ob er vielleicht in der Praxis schlief, weil er es nicht aushielt, in der Wohnung zu sein?

Wenn doch die Kita nicht wäre, die ihren Handlungsspielraum einengte, diese festen Schichten. Am sichersten noch war die Bank vor der Praxis. Aber da saß immer auch dieser Mann mit dem Hund. Und Simon würde sie dort sitzen sehen, wenn er auf den Grünstreifen trat, um seine Zigaretten zu rauchen. Er wusste ja jetzt, wer sie war. Es ist noch zu früh, dachte sie. Er muss erst wissen, wie sehr er mich braucht.

Helen erinnerte sich daran, wie sie zum ersten Mal in die Wohnung gegangen war, kurz nach der Unglücksnacht. Oder sollte sie Glücksnacht sagen? Wann hatte sie das letzte Mal eine solche Aufregung verspürt? Sich selbst so gespürt?

Und plötzlich war er wieder da, dieser stechende Schmerz. Seit der letzten Therapiesitzung überfiel er sie, immer wieder. Simon hatte sie Schneekönigin genannt. Wie diese eiskalte Frau aus dem Märchen, die den kleinen Kai entführte in ihren Eispalast, dem sie einen Eissplitter ins Herz pflanzte, sodass er nichts mehr spürte. Bis die kleine Gerda ihn holen kam und ihre Tränen den Splitter zum Schmelzen brachten. Das Märchen hatte ihre Mutter ihr vorgelesen, als sie noch klein war. Ausgerechnet ihre Mutter, die noch nie etwas gespürt hatte, so zumindest war es ihr vorgekommen. Die sich wegdrehte, mehr nicht, wenn ihr Mann von einer anderen nachhause kam und ihren Parfumgeruch in die Küche trug, wenn er die Pfannendeckel anhob, um zu schauen, was es zu essen gab.

Ob er sie gefühlskalt finde … Wenn Simon wüsste, wie sehr er sie schon erwärmt hatte. Seine Schneekönigin. Aber vor allem muss er wissen, dachte Helen, wie sehr er mich braucht.

18

Sie können nachhause gehen, Mirjam. Ich gehe auch bald, die beiden letzten Patienten haben abgesagt. Mirjam schaute überrascht von ihrer Arbeit auf. Die Art, wie sie ihn ansah, beunruhigte ihn. Seit Claires Tod konnte Simon nicht von der Vorstellung lassen, Mirjams Verhalten ihm gegenüber hätte sich verändert, als wären ihre Augen noch größer geworden, ihre Gesten schreckhafter und ihre Bewegungen vorsichtiger. Als müsste man ihm, Simon, jetzt mit besonderer Umsicht begegnen. Sie sah ihn an, als würde sie ihn durchleuchten, mit einer Mischung aus Mitgefühl und Neugierde.

Sie würde ihm doch nicht misstrauen? Ihm möglicherweise sogar einen Mord zutrauen? Zumindest einen langsamen, schleichenden, eine sukzessive Tötung durch Missachtung und Verrat. Oder hatte sie tatsächlich nur Mitleid und machte sich Sorgen um sein Wohlergehen, das übliche Mutter-Teresa-Gebaren der Frauen. Der arme Herr Doktor, der den Tod seiner Frau nicht verkraften wird, tagein, tagaus beschäftigt er sich mit den Traumata seiner Patienten und vor seinem eigenen Unglück geht er fast in die Knie. Dabei hatte er sich alle Mühe gegeben, sich nichts anmerken zu lassen. Simon warf einen Blick in den Spiegel im Eingangsbereich. Er sah recht gut aus, fand er, nicht wie einer, der gerade seine Frau verloren hatte. Natürlich hatte er schon einmal besser ausgesehen. Aber gemessen an seiner Schlaflosigkeit, seinem Alkohol- und Zigarettenkonsum und dem unerträglichen Gedanken- und Bilderfluss der letzten Tage hatte er sich ordentlich gehalten.

Es scheint eine Grippewelle umzugehen, sagte er, wahrscheinlich werden noch mehr Leute absagen. Mirjam nickte. Ja dann lassen Sie sich besser nicht anstecken, Herr Doktor.

Und nötigenfalls würde er die Zahl der vermeintlichen Grippekranken noch hochtreiben, dachte Simon, indem er ein paar weitere Mails verschickte mit dem Hinweis, er selbst sei krank und müsse die Sitzungen verschieben. Davon musste Mirjam ja nichts erfahren, womöglich wäre ihr Misstrauen dann noch größer.

Er musste ihr beweisen, dass alles so weiterlief wie bisher, dass er sich selbst und die Praxis im Griff hatte. Simon beobachtete Mirjam, wie sie mit ungelenken Bewegungen ihre Sachen zusammenpackte, den Rechner herunterfuhr und endlich ihre Jacke vom Haken nahm. Er nickte ihr aufmunternd zu und atmete erleichtert durch, als sie mit einem zaghaften Gruß verschwand. Gerade vor Mirjam wollte er sich nichts anmerken lassen, so ein junges Ding. Wieso sollte er ausgerechnet ihr gegenüber eingestehen, dass es ihm nahezu unmöglich war zu arbeiten. Im Seelenschlamm seiner Patienten zu wühlen, während er bis zum Hals in seinem eigenen Morast steckte, der ihm die Luft abdrückte. Seine persönlichen Fehlleistungen, Schuld und Versagen, all die leichtfertigen Sünden und Unterlassungen und nicht zuletzt dieser nicht zugelassene, fast vergessene Schmerz, der weit mehr war als die Summe seiner Schwächen. Der ganz tief in ihm drin saß, ein mit den Jahren versteinertes Fossil, das er irgendwann ausgraben musste, das wusste er, wollte er seinem Leben doch noch eine Wende geben.

Simon ließ sich in seinen Therapiesessel fallen. Nichts scheute er mehr als die Auseinandersetzung mit seinen eigenen Schatten. Dieser Kommissar hatte ihm ganz schön auf den Zahn gefühlt. Er konnte schon froh sein, wenn sie ihn nicht wegen unterlassener Hilfeleistung drankriegten. Ein Therapeut, der seine suizidale Frau unbeaufsichtigt, quasi über dem Geländer hängen ließ. Sich einfach in eine Bar verdrückte und seine betrogene Frau allein ihrer Verzweiflung überließ. Und Recht hatte er. Aber der Kommissar schien ihm seine Version des Geschehens abzukaufen. Der großartige Dr. Simon Prohaska als der notorische Sauhund, gesteuert vom Unterleib und den Grillen der Frauen. Wie er sich selbst zuwider war. Wenn er nur an die Beisetzung dachte. Claire wollte eine Einäscherung. Sie hatte nichts übrig gehabt für Baumbestattungen und Friedwälder. Auch eine Erdbestattung war nicht infrage gekommen. Der Gedanke, dass irgendwann die Würmer an ihrem Leichnam nagten, war ihnen beiden gleichermaßen unangenehm gewesen. Auch für Simon selbst war nichts anderes denkbar als eine Feuerbestattung.

Früher war er oft mit Claire über den Melatenfriedhof gestreift, sie hatten die Papageien beobachtet, die irgendwann einmal aus dem Kölner Zoo ausgebüxt waren, schon in den sechziger Jahren, und die sich auf dem Melatenfriedhof niedergelassen hatten, grüne Alexandersittiche, die die Besucher erfreuten, und vielleicht auch die Toten, wer weiß. Das hatte Claire einmal gesagt, sie hatte gelächelt dabei und den Wunsch geäußert, später unbedingt bei den Papageien zu liegen.

Während eines schweren Sturms waren kurz vor der Jahrtausendwende viele der Sittiche verstreut worden oder umgekommen. Doch noch immer konnte man beobachten, wie vor allem Kinder die Schreie der Vögel imitierten, zwischen Hochkreuz und Kriegerdenkmal, denn dort fand man sie am häufigsten vor, diese grün gefiederten Farbtupfer, eine Hommage an das Leben mitten im Reich der Toten. Simon sah sich wieder mit Claire durch die Grabreihen schlendern, wie sie in der Abendsonne in die Baumwipfel hinaufblickte, ihre roten Haare, damals waren sie rot, ihre Hand in der seinen, leise flüsternd, von ewiger Liebe und Todessehnsucht, von der Unmöglichkeit der Fixierung des Glücks.

Simon erhob sich und schaltete sein Notebook an. Die Frage nach dem Passwort erschien auf dem Bildschirm. Ohne nachzudenken, tippte Simon die sechs Buchstaben ein, die er abspulte wie im Schlaf: Loplop. Er lächelte. Loplop. So hatte Max Ernst seinen Vogelfreund genannt, seinen »Oberen«, sein Alter Ego im Federkleid. Max Ernst war schon immer einer seiner Lieblingsmaler gewesen, schon während seiner Jugendzeit in Wien, ein Maler, an dem man in Köln kaum vorbeikam, aber als Analytiker schon gar nicht. Diese surrealen Traumlandschaften, die dem Unbewussten entsprangen, dazu die kuriosen Titel seiner Gemälde. Zwei Kinder werden von einer Nachtigall bedroht, auf so einen Titel musste man erst einmal kommen. Sein Notebook nutzte Simon nur für private Zwecke, und sein Passwort stammte noch aus der Zeit seiner ersten Begegnungen mit Claire, als sie noch auf dem Melatenfriedhof spazieren gingen und den Himmel beobachteten und die grünen Papageien, als die Liebesbotschaften noch hin und her gingen im Stundentakt, leidenschaftliche Mails und Text-Messages, als sie sich so nacheinander verzehrten, dass selbst die Praxiscouch ihnen immer wieder als Liebeslager herhielt.

Loplop. Niemals hätte er Claire dieses Passwort preisgegeben, sein streng gehütetes Geheimnis. Simon kannte sich selbst gut genug, um zu wissen, dass er ein ewig Gefährdeter war, und seine Versprechen, so ernst sie gemeint waren, in dem Moment, da er sie aussprach, auf lange Sicht den Verlockungen nicht standhielten.

Jetzt lag Claire selbst auf dem Melatenfriedhof, unter ihrem frei gewählten Papageienhimmel. Und die Tatsache, dass sich unter dem Decknamen Loplop auch die anderen Frauen verbargen, die sich im Laufe der Jahre nach ihm verzehrt hatten und immer noch verzehrten, machte sein Herz nicht leichter. Er klickte auf eine der ganz frühen Mails von Claire, nach zwei Zeilen musste er aufhören zu lesen. Er klappte das Notebook zu.

19

Am schlimmsten waren die anderen, dachte er. Am schlimmsten waren immer die anderen. Er hatte Claires Eltern kaum ins Gesicht schauen können auf der Beerdigung. Sie waren aus der Eifel angereist, mit rot geweinten Augen. Claire sei immer schon ein schwieriges Kind gewesen, sagten sie, schon als ganz kleines Mädchen, immer schon launisch und labil, sie seien ihr so schwer beigekommen. Er, Simon, dürfe sich jetzt bloß nicht die Schuld geben, sie hätten sich selbst oft gefragt, was sie falsch gemacht hätten. Aber wahrscheinlich gäbe es in diesen Dingen kein richtig oder falsch. Ihre Tochter habe dieses Gemüt gehabt, und er, Simon, habe sich sicher alle Mühe gegeben, sie glücklich zu machen. Aber gegen eine kranke Seele komme man nicht an. Das hätten sie auch der Polizei gesagt. Sie als Eltern hätten sehr lange gebraucht zu akzeptieren, dass Claire sich von ihnen abkapselte, dass sie nichts mehr habe wissen wollen von daheim, gar nichts mehr, dass sie sich regelrecht abgewandt habe, eine Erfahrung, so unendlich schmerzlich für Eltern, die doch alle ihr Bestes gaben. Der alte Vater hatte seine jüngere, aber gebrechlichere Frau gestützt, als sich der kleine Trauerzug in Bewegung setzte und ganz langsam seinen Weg zu der Grabstätte nahm. Simon hatte den Impuls verspürt, auch den Mann zu stützen, alle beide.

Claire war ein spätes Kind gewesen, das langersehnte Wunschkind, aber mit ihrer unberechenbaren Psyche waren diese gutmütigen und einfach gestrickten Leute gänzlich überfordert. Simon wusste, warum der Kontakt zu ihren Eltern irgendwann abgerissen war und er fühlte sich schuldig. Der Anblick dieser großherzigen Leute hatte wehgetan. Simon wusste, Claire hatte sich für ihre Eltern geschämt. Für den einfachen Bahnangestellten und die kleine Sekretärin eines mittelständischen Schreinereibetriebs. Die alles dafür getan hatten, ihrer unzufriedenen Tochter ein Fachhochschulstudium zu ermöglichen, nachdem ihre Ausbildung zur Fremdsprachenkorrespondentin sie nicht erfüllte. Selbst vor Simon hatte Claire sich geschämt. Sie hatte darauf bestanden, Simon ganz im Stillen zu heiraten, standesamtlich, ohne den kirchlichen Segen, der ihren katholischen Eltern so wichtig gewesen wäre.

Am liebsten hätte er Claire ganz alleine zu Grabe getragen, ohne eine Menschenseele, ohne diese zutiefst aufrichtigen Eltern, die lieber sich selbst zerfleischten, als an der Aufrichtigkeit ihres nahezu unbekannten Schwiegersohnes zu zweifeln. Das Ausmaß ihrer Trauer wirkte wie ein Brennglas und verstärkte nur seine eigene Unzulänglichkeit.

Auch ein paar Unbekannte hatten sich unter die Trauergäste gesellt, ein paar Zufällige, die aus der Ferne das Geschehen beobachteten. Alle anderen, Claires Kollegen vom Institut Français und die wenigen gemeinsamen Bekannten, hatte er gezielt von der Trauerfeier ferngehalten, indem er in Absprache mit den Schwiegereltern die Todesanzeige erst nach der Bestattung schaltete. Die Zahl der Beileidsbekundungen hielt sich entsprechend in Grenzen, noch. Und so manch einer aus dem weitläufigeren Umfeld, der über die Pressenotizen hellhörig geworden war, mochte aus Anstand seine Neugierde im Zaum halten. Ruth hatte eine Karte geschrieben, unmittelbar nachdem die Anzeige erschienen war, Ruth Landgräfe, seine ehemalige Studienkollegin und Freundin, derentwegen er seinerzeit von Wien nach Köln übersiedelt war. Sie hatte einfache und mitfühlende Worte gefunden. Schade eigentlich, dass sie es damals nicht geschafft hatten, den Kontakt aufrechtzuerhalten. Hin und wieder hatten sie sich noch über das eine oder andere auf dem Laufenden gehalten, sich über fachliche Fragen ausgetauscht, auch das, aber irgendwann waren selbst die wenigen Treffen eingeschlafen.

Simon wollte sich gerade auf dem Sofa ausstrecken, als es an der Praxistür klingelte. Er warf einen Blick auf die Uhr, 17.50 Uhr. Mirjam hatte er bereits vor zwei Stunden entlassen, Patienten erwartete er keine mehr. Er zögerte, dann schlüpfte er in seine Wildlederboots und ging zur Tür. Vielleicht ein Nachbar, dachte er, ein Problem im Haus.

Vor ihm stand Helen. Sie trug eine zipfelige Strickjacke, die Züge müde und ausgebrannt, ganz anders als beim letzten Mal. Mit dunklen Ringen unter den Augen und verzögerten Bewegungen.

Warum haben Sie meinen Termin morgen abgesagt? Helen zitterte. Das dürfen Sie nicht. Als Arzt müssen Sie zuverlässig sein. Ich muss mich verlassen können auf Sie.

Jetzt beruhigen Sie sich, Frau Winter. Auch ein Arzt ist ein Mensch und nicht allzeit verfügbar.

Aber Sie können nicht einfach absagen, gerade so, wie es Ihnen gefällt. Helens Stimme war schneidend und passte gar nicht zu ihrer Erscheinung. Ehe er etwas erwidern konnte, war sie bereits eingetreten.

Sie sind nicht krank, sagte sie.

Es gibt auch andere Gründe, eine Praxis zu schließen.

Sie lügen. Sie wollen nicht. Das ist alles.

Meine Gründe gehen Sie gar nichts an, sagte Simon eisig.

Und wenn ich die Gründe kenne?

Was zum Teufel meinte sie? Diese Frau war wie ein Schlund, der ihn hinabzuziehen drohte. Auch wenn sie daherkam wie ein Vögelchen, das aus dem Nest gefallen war. Ein Eisvögelchen, dachte Simon. Er versuchte, sich nichts anmerken zu lassen von seiner Verstörung.

Würden Sie jetzt bitte gehen, sagte er. Die Praxis ist geschlossen.

Schon als diese Frau zum ersten Mal seine Praxis betreten hatte, hatte er ein Unbehagen verspürt. Helen fixierte ihn mit ihrem eisigen Blick.

Vielleicht habe ich einen siebten Sinn, sagte sie.

Sie haben eine aufdringliche Art, das ist alles. Oder einen schlechten Tag, einigen wir uns darauf?

Sie haben Angst vor mir, sagte sie.

20

Er würde sich bei ihr entschuldigen müssen, dachte Simon, er hätte ihre Not nicht erkannt. Jeden anderen Patienten hätte er zur Seite genommen in einem solchen Moment, dachte er, ihn abgeklopft auf eine potenzielle Suizidalität. Eine Krisenintervention eingeleitet, gegebenenfalls, er hatte seine Stellen, an die er sich wenden konnte. Aber diese Patientin hatte er nur loswerden wollen, nachhause geschickt, einfach so. Das war unprofessionell. Er musste aufpassen, dass Claires Tod ihn nicht völlig entgleisen ließ. Die Entregelung aller Sinne, fürchtete er. Und vor allem seines Verstandes. Er musste sich zusammenreißen.

Er hatte Helen nach der Auseinandersetzung einen Ersatztermin angeboten, er hatte Mirjam beauftragt, sie zu informieren. Aber eine telefonische Bestätigung des Termins war ausgeblieben. Er hatte auf Helen gewartet, sie war nicht erschienen. Eine diffuse Unruhe hatte Simon beschlichen, bis er irgendwann selbst zum Hörer griff. Aber Helen blieb unerreichbar, fünf quälende Tage lang. Als sie dann in der Woche darauf zu ihrem regulären Termin wieder auftauchte, war er mehr als erleichtert.

Ich muss mich bei Ihnen entschuldigen, begann Helen, als sie ins Sprechzimmer trat. Sie steuerte auf ihren Sessel zu, zog sich umständlich den Tragegurt ihrer Umhängetasche über den Kopf und ließ sie neben sich auf den Holzboden fallen. Eine dieser offenbar angesagten Taschen aus LKW-Plane, orange mit schmuddelweiß, und an den Kanten schon abgestoßen. Used Look, dachte Simon, genau wie diese Strickjacke, die sie wieder trug. Früher hätte man gesagt: alternativ. Anna hatte auch so eine Tasche, aber in Rot und irgendwie stimmiger. Nicht ganz so abgerissen. Simon konnte nicht umhin sich vorzustellen, wie Helen aussehen würde, würde sie sich anders kleiden. In einem eleganten Kurzmantel zum Beispiel oder mit Lederjacke. Die kurzen Haare, die hatten was, im Nacken ausrasiert und wasserstoffblond, dazu ihre hellen Augen, die je nach Licht und Kleidung blau schimmerten oder grün. Heute trug sie ein taubenblaues Shirt unter der Jacke. Dazu die helle, durchscheinende Haut. Wie sie wohl ausschaute, wenn sie ihre eigentliche Haarfarbe zuließe?

Es ging mir nicht gut, sagte Helen. Ich war unverschämt. Ich möchte mich entschuldigen. Die ganze Woche ging es mir nicht gut. Simon hatte sich selbst entschuldigen wollen, jetzt war sie ihm zuvorgekommen.

Ich wollte Ihnen von meinem Bruder erzählen, sagte Helen. Mit der rechten Hand hielt sie ihre linke umklammert, als gäben sie sich gegenseitig Halt. Die hageren Finger, die filigrane Uhr am Handgelenk, der Ring mit dem hellgrünen Stein. Die alarmierend kurzen Nägel, heruntergebissen bis aufs Nagelbett.

Er war Papas Liebling.

Woran merkten Sie das?

Ich hab es ihm gegönnt, warum auch nicht. Man musste ihn einfach mögen. Jeder mochte ihn.

Und Sie musste man nicht mögen?

Offenbar nicht. Man gewöhnt sich daran.

Helen senkte den Kopf und starrte auf ihre Schuhe. Es lebt sich leichter, sagte sie, wenn man niemandem mehr gefallen will.

Sie haben sich irgendwie damit arrangiert, wollen Sie sagen.

Was? Helen sah auf. Womit?

Dass Sie niemandem mehr gefallen wollen. Können Sie das ein Leben lang durchhalten?

Ach, ich dachte schon, Sie meinten, dass man sich daran gewöhnt, nicht gemocht zu werden. Dass es sich leichter damit lebt.

Der Gedanke erschreckt Sie?

Vielleicht. Helen zögerte. Vielleicht haben Sie ja Recht, gab sie zu. Dass man sich niemals daran gewöhnt. Und mein Vater … Es geht mir nicht gut, Herr Prohaska. Sie hustete. Kann ich ein Glas Wasser haben?

Ich hole Ihnen ein Glas Leitungswasser.

Besser?, fragte Simon, und signalisierte ihr, das Gespräch wieder aufnehmen zu wollen. Helen nickte. Irgendwann habe ich es aufgegeben, ihm gefallen zu wollen, sagte sie. Aber mein Bruder, das war etwas anderes, er mochte mich. Der Einzige, der mich wirklich mochte. Sie schnaubte verächtlich. Selbst im Tod hat mein Vater ihn mir weggenommen.

Wie kann ich das verstehen?

Sie waren zusammen in den Bergen, in Südtirol, sogar abgestürzt sind sie zusammen, ein Herz und eine Seele, Vater und Sohn, Helen lächelte spöttisch. Tom das Ebenbild meines Vaters, so ein würdiger Nachfolger, ihm wie aus dem Gesicht geschnitten. Nicht so wie ich. Es ist nicht, wie die Leute sagen, das weiß ich.

Was sagen denn die Leute?

Dass Tom gestürzt sei und mein Vater ihn habe retten wollen. Und dabei selbst mit heruntergerissen worden sei.

Und was denken Sie stattdessen?, fragte Simon ruhig.

Dass mein Vater ausrutschte und Tom mit in den Abgrund nahm. Genau andersherum. Helen biss sich auf die Unterlippe.

Simon ließ seinen Blick auf ihr ruhen, er spürte, wie sie innerlich bebte und sich wand. Es war fast nicht auszuhalten, diese Körperspannung, die sich auf ihn übertrug und bei ihm selbst Schmerzen im Nacken auslöste.

Sie wollen es so verstehen, sagte er.

Ja. Weil er Tom nicht hätte retten dürfen. Helens Ton wurde schärfer. Weil er mich auch nicht gerettet hätte, niemals. Sehen Sie das? Das darf einfach nicht sein.

Sie sprach schneller jetzt und lauter. Der Gedanke, dass er für Tom sich selbst in Gefahr gebracht hätte, aber niemals für mich. Verstehen Sie das? Ein trotziger, fast flehender Blick.

Mir ist schwindelig. Plötzlich verdrehte Helen die Augen und sackte in sich zusammen, gerade so, als wäre ein Ventil aufgesprungen und ihre gesamte Energie mit einem Mal entwichen. Sie war noch blasser jetzt. Schließlich kippte ihr Kopf zur Seite und der Wasserrest in ihrem Glas schwappte auf den Parkettboden.

Simon sprang auf und half ihr aus dem Sessel. Er bettete sie auf die Couch an der Wand, legte ihr ein Kissen unter den Nacken. Sie schien völlig weggetreten zu sein. Er schlug ihr leicht auf die Wange. Er wurde unruhiger. Er setzte sich auf die Kante der Couch und fühlte ihren Puls. Er ertappte sich dabei, wie er ihr Handgelenk auf Narben untersuchte, er schob die Strickjacke hoch bis zum Ellenbogen, um die Unterarme zu prüfen, nichts. Schließlich schüttelte er sie und zwickte sie. Er wollte gerade aufgeben und sich aufsetzen, den Notarzt anrufen, als Helen einen Arm um seinen Hals schlang. Blitzschnell zog sie ihn zu sich herunter, mit einer Entschlossenheit, die ihn außer Gefecht setzte. Und noch bevor Simon sich befreien konnte, da spürte er schon ihre Wange an seinem Gesicht, ihren heißen Atem, ihre Zunge. Simon, flüsterte sie.

21

Du musst sie wegschicken, sagte Ruth. Du kannst sie nicht weiter therapieren. Ruths Stimme aus dem Hörer klang leise, aber bestimmt. Keine Geräusche im Hintergrund. Simon fragte sich, ob Ruth wohl zuhause war oder noch in der Praxis, wie er selbst. Oder bei ihrem neuen Partner, womöglich, der genau genommen alles andere als neu war. Mit dem sie schon seit Jahren zusammenlebte, glücklich, so schien es, viel glücklicher als jemals mit ihm. Simon lauschte ins Telefon. Er hörte nichts als seinen eigenen unruhigen Atem, als hätte Ruth, wo auch immer sie sich befand, die Luft angehalten nach ihrer vorsichtig formulierten Rüge. Die Vorwürfe, die er erwartet hatte, waren ausgeblieben, dass er sich so lange rar gemacht hatte und sich erst jetzt wieder bei ihr meldete, und auch nur, weil er in Not war und ihre Hilfe brauchte, ganz offensichtlich, ihre Absolution gewissermaßen. Und ihren beschwichtigenden Ton. Du kannst sie nicht weiter therapieren.

Ruth hatte Recht. Sie waren noch in den probatorischen Sitzungen. Es wäre ein Leichtes, einer Behandlung nicht zuzustimmen. Formal betrachtet. Was wie eine Rüge klang, war nichts weiter als die neutrale und richtige Einschätzung einer Kollegin, das wusste er. Und trotzdem fühlte er sich geohrfeigt, allein dadurch, dass sie ihn so gut kannte, seine Anfälligkeiten und Schwächen.

Simon zwang sich, die Stille auszuhalten. Doch, jetzt hörte er es, auch Ruth schien zu atmen, es erleichterte ihn zu hören, dass da ein Mensch war am anderen Ende der Leitung und nicht irgendein außernatürliches Wesen. Auch wenn Ruth ihm seit jeher das Gefühl vermittelte, dass Menschen wie sie niemals einen Fehler machten.

Ruth schwieg. Inzwischen war es dunkel geworden. Sein Blick streifte die Salzkristalllampe, die in einem warmen Orangeton glimmte, und jetzt hörte er auch das Plätschern wieder, das er offenbar ausgeblendet hatte. Er hatte Lust, sie aus dem Fenster zu schmeißen, dieses sanfte Säuseln malträtierte seine Nerven, wie ein erhobener Zeigefinger erschien ihm das Lämpchen, just calm down, schien es ihm sagen zu wollen. Beruhige dich, denk an deine innere Balance. Diesen Lifestyle-Ratgeberquatsch hatte er schon immer verabscheut. Gerade jene Menschen, die mit ihrer stetig zur Schau gestellten Work-Life-Balance protzten, hatten solche Lämpchen besonders nötig, weil sie ohne diese jämmerlichen Requisiten endgültigen den Halt in ihrem Leben verloren, um den sie so unermüdlich kämpften. Er hatte Lust, sich eine Gauloise anzuzünden, hier in der Praxis. Who cares, dachte er, jetzt, da Claire nicht mehr lebte, die es nicht hatte lassen können, wegen seiner Raucherei an ihm herumzunörgeln. Sollten seine Patienten doch wegbleiben, wenn sie es in seinem abgestandenen Qualm nicht aushielten. Er stellte sich vor, wie seine Zigarette gegen die Salzkristalllampe anglimmte, heiß und intensiv, viel ehrlicher als dieser lächerliche Tribut an den Zeitgeist.

Die Lampe, ein Geschenk von Claire, sie hatte ihm noch nie gefallen, ihre beruhigende Wirkung hin oder her. Aber sie kam von Claire. Du weißt, wie gefährdet du bist, sagte Ruth schließlich. Du bewegst dich auf ganz dünnem Eis.

Auf ganz dünnem Eis. Ich weiß, sagte er.

Warum hatte er nicht bei Ruth bleiben können? Die so lebensklug war wie empathisch, die ihn erdete, ohne ihn einzubetonieren. Die auf alles eine Antwort wusste, ohne jemals überheblich oder zurechtweisend zu sein.

Kannst du dich noch an Maja erinnern, fragte er. Der Fall hatte ihm keine Ruhe gelassen, damals, und jetzt war er ihm wieder in Erinnerung gekommen, schon zum zweiten Mal innerhalb kurzer Zeit. Weißt du noch, die junge Frau aus dem Café Central?

Die sich so über den Kierkegaard-Vortrag erhitzte?, fragte Ruth, beziehungsweise über die Verleugnung seiner Geliebten?

Ja, genau. Ich weiß nicht, was diese Geschöpfe in mir auslösen.

Maja. Sie hatte schon eine längere Leidensgeschichte hinter sich, als sie an jenem Abend im Café Central wieder auffällig geworden war. Am Morgen zuvor hatten die Bewohner in ihrem Studentenwohnheim bereits ihre Eltern verständigt, in Majas Zimmer sei die ganze Nacht über das Radio gelaufen, bei verschlossener Tür, und auf ihr Klopfen hin habe sie nicht reagiert. Man hatte einen Suizid befürchtet und die Tür aufgebrochen, aber die junge Frau war nicht drin. Maja, so hieß sie, Simon hatte lange nicht mehr an sie gedacht, und jetzt schon zum zweiten Mal binnen weniger Wochen. In der Nacht hatte man sie singend auf den Bahngleisen gefunden, man hatte sie zu ihren Eltern gebracht, aber bei deren Anblick war sie sofort wieder abgehauen, auf und davon. Und dann der Abend im Central. Danach hatte sie sich freiwillig von Simon zurückbringen lassen. Aber nicht ohne ihre Eltern zu beschimpfen. Da hätte ihr Vater ihrer Mutter aber ein schönes Osterei ins Nest gelegt, schimpfte sie, eine manische kleine Maja, einen Märzenbecher, einen Herzensbrecher, sie lachte spöttisch, eine späte Kinderüberraschung, das hätte er doch besser bleiben lassen. Simon erinnerte sich an den dankbaren und verzweifelten Blick der Eltern. Die ganze Nacht über war Maja singend die Gleise entlanggegangen, bis Bonn und wieder zurück, die Sohlen ihrer Turnschuhe hatte sie beinahe durchgelaufen. Man hatte die Turnschuhe in der Wohnung gefunden, am Tag darauf, fein säuberlich aufgereiht neben dem Bett. Um einen Klinikaufenthalt würde sie nicht herumkommen, hatten sie gesagt. In der Geschlossenen, dachte Simon mit Bitterkeit. Und er wusste wieder, warum er Analytiker geworden war. Um diesen armen Seelen ein Leben zu ermöglichen, außerhalb der Klinikmauern, wenn irgend möglich, durch eine engmaschige Betreuung und Therapie, vielleicht, und nötigenfalls mit der geeigneten Medikation.

Ich weiß genau, was diese Frauen in dir auslösen, sagte Ruth. Und es geht hier nicht nur um irgendeinen Beschützerinstinkt oder dein Berufsethos als Therapeut.

Vielleicht hatte er deshalb nicht bei Ruth bleiben können, dachte er. Weil sie so war, wie sie war. Und mit allem immer richtig lag.

Du musst diese Patientin abgeben, sagte Ruth.

22

Es war nicht das erste Mal, dass Simon sich auf dünnem Eis bewegte. Er musste sich hüten, das wusste er. Auch wenn die Literatur voll war von Patientinnen, die sich in ihre Therapeuten verliebten, und umgekehrt. Man denke nur einmal an Anaïs Nin, dachte er, die erotische Ikone der dreißiger Jahre, die sich in ihren Tagebüchern damit brüstete, ihrem Analytiker gefallen und ihn verführen zu wollen, obwohl sie mit Henry Miller sexuell sicherlich gut auf ihre Kosten kam. Ein Mann solchen Kalibers, dachte Simon, man musste nur seine Romane lesen, er verspürte fast so etwas wie Neid. Anaïs Nin, die Venusfalle, getrieben geradezu von der eigenen Gefallsucht und von ihrer Lust am Selbstexperiment, die, wollte man ihren Tagebüchern glauben, keine Ausschweifung ausließ, bevor sie sich dann erschöpft in die Arme ihres duldsamen Ehemanns fallen ließ, in die schneeweißen Laken, die er, oder besser gesagt das Hausmädchen, ihr bereitete. Unter dem Kissen das Tagebuch, dem sie sich anvertraute. Weit ab von den Sünden dieser anderen Welt und der Couch des Therapeuten, in der ehelichen Villa am Stadtrand von Paris, wo der Kies in der Einfahrt knirschte, wenn der Fahrer dort vorfuhr, und die teure Seide auf ihrer Haut sich anfühlte wie ein Sommerregen. Der Schrecken und die Faszination eines jeden Therapeuten. Leider waren diese wilden Jahre längst vorbei, und die Liste möglicher Sanktionen lang. Und die Ärztekammer hielt ein wachsames Auge auf die Einhaltung ihrer Spielregeln, zum Wohle der Patienten.

Mit Claire damals, das war gerade noch einmal gut gegangen. Sie hatten die Therapie rechtzeitig abgebrochen, noch während der Probatorik. Damit verletzte er allenfalls noch ein ungeschriebenes Gesetz, ein zwar mehr als stillschweigendes Tabu, aber eines, das nicht laut genug war, um ihn seine Approbation zu kosten. Eine jener moralischen Grauzonen, die die Welt der Therapeuten in Hardliner und Gemäßigte spalteten. Und vielleicht hatte er Claire auch nur deshalb geheiratet. Um auch den leisesten Zweifel an seiner therapeutischen Redlichkeit auszuräumen. Diese Frage hatte er sich oft gestellt im Laufe der Jahre mit Claire. Jetzt stellte er sie sich wieder und sie schmerzte ihn.

Aber Helen? Wieso sollte er für diese Frau etwas riskieren? Sie gefiel ihm nicht einmal. Was war es nur, was diese Geschöpfe in ihm auslösten, was diese Helen in ihm auslöste, trotz aller Abwehr, dieses androgyne Eisvögelchen, das schon erzitterte vor Erregung, wenn man ihm mit einem Blick zu nahe kam. Was verbarg sie wirklich unter dem verfilzten Revers ihrer Strickjacke? Eine Energie, die sich zu lange im Stillen gestaut hatte, das war klar. Bedrohlich lange.

Ich muss sie mir vom Leibe halten, dachte er. Unbedingt.

23

18. April. Polizeiwache Stolkgasse.

Wir hätten da noch ein paar Fragen, Herr Prohaska. Es geht um den Hausschlüssel.

Und deswegen haben Sie mich aufs Revier bestellt? Simon musterte die vergilbten Wände des Büros, die schmuddelige Europakarte mit den Eselsohren und den von Reißzwecken zerlöcherten Rändern.

Der Polizeibeamte ließ sich nicht aus der Ruhe bringen. Überlassen Sie das bitte uns zu entscheiden, was wir für wichtig erachten. Die Sache ist die, wir haben keine Schlüssel gefunden, weder bei der Toten, noch in der gemeinsamen Wohnung, noch im Auto. Das ist eigenartig. Ein Umstand, den wir zuerst übersehen hatten. Aber als ich mir die Akte noch einmal angesehen habe, hat mich das stutzig gemacht. Auf dem kleinen Ablagetisch im Flur haben meine Leute lediglich ihren Autoschlüssel gefunden, mit einem einzelnen weiteren Schlüssel dran. Kennen Sie den? Der Beamte legte einen Schlüssel vor Simon auf den Tisch.

Natürlich. Das muss Claires Firmenschlüssel sein, für die Unterrichtsräume im Institut Français. Manchmal nahm sie das Auto, wenn sie spät dran war oder noch einkaufen wollte. Aber meistens fuhr sie mit dem Rad. Sie hatte zwei Schlüssel fürs Institut.

Und ihre Hausschlüssel?

Ich weiß nicht, was mit ihren Schlüsseln ist, sagte Simon. Er wusste es wirklich nicht. Sie hatte sie in einem ledernen Mäppchen, sagte er. Vielleicht hat sie sie verloren? Simon zuckte mit den Achseln. An dem Abend vor dem Streit klingelte sie, als sie nachhause kam, sagte er. Das machte sie manchmal, wenn sie viel zu tragen hatte. Wobei – in diesem Fall war es wohl eher die Wut, die sie das Klingelbrett malträtieren ließ. Meine Frau war durchaus impulsiv. Ich würde ihr auch zutrauen, das Mäppchen in die nächstbeste Mülltonne zu pfeffern, in dem plötzlichen Drang, ihrem vermaledeiten Ehemann das gemeinsame Leben vor die Füße zu werfen. Simon lächelte süßlich, der Beamte zog argwöhnisch die Brauen hoch.

Claire wusste ja, sagte Simon, dass sie für alles Wesentliche einen Ersatzschlüssel hatte. Ihre Komfortzone hätte sie trotz allem nicht verlassen.

Was macht Sie da so sicher?

Ich bin Therapeut, wie Sie selbst nicht müde wurden zu betonen. Ich habe die Spielchen meiner Frau lange genug mitgespielt. Nichts als Drohgebärden. Nichts als Übersprungshandlungen, die ihr für den Moment das Gefühl gaben, Herrin ihres eigenen Lebens zu sein. Sie hätte mich niemals verlassen. Und mich irgendwann weinend angefleht, ihre im Affekt begangenen Dummheiten wieder auszubügeln. Eine dependent-depressive Persönlichkeit mit zwanghaften Zügen, aber – wenn diese versagten - mit schrecklichen Impulsausbrüchen. Wenn Sie auf eine Diagnose Wert legen. Was meinen Sie, warum sie fürs Büro einen Zweitschlüssel besaß?

Für die Wohnung hatte sie offenbar keinen, wunderte sich der Beamte.

Wozu auch, dafür hatte sie ja mich.

Und trotzdem haben Sie ausgesagt, dass sie schon öfter versucht habe, sich umzubringen. Also doch bereit war, ihre, wie Sie sagen, Komfortzone zu verlassen …

Letztendlich war es ihr immer nur darum gegangen, mich wegen irgendetwas abzustrafen. Nötigenfalls mit einem demonstrativen Akt der Selbsttötung. Simon erschrak über seine eigenen Worte. Wie wahr ihm dieser Gedanke plötzlich erschien, zu entsetzlich, ihn weiterzudenken. Ich glaube nicht, versuchte er einzulenken, dass Claire sehr am Leben hing. Er spürte, wie seine Stimme sich veränderte, sie kam ihm mit einem Mal brüchig vor und schwach, als wäre seine ganze Sicherheit dahingegangen, mit einem einzigen Gedanken. Wenn das mit Anna nicht gewesen wäre, sagte er leise, er dachte es mehr, als dass er es aussprach, wer weiß … Er stockte.

Sie meinen, dann wäre sie vielleicht noch am Leben?

Simon schloss für einen Moment die Augen. Als wäre ein einfaches Nicken schon zu viel der Zustimmung. Aber seine Worte hatten ihre Wirkung nicht verfehlt. Der Beamte erhob sich und sammelte die Protokollblätter ein. Wäre, hätte, sagte er. Jetzt ist es zu spät, sich Vorwürfe zu machen. Er sah Simon mitleidig an. Wenn Sie mir hier noch unterschreiben, sagte er, dann können Sie gehen. Claires Eltern haben Ihre Aussagen indirekt bestätigt. Auch ihr Hausarzt im Übrigen. Sie war wohl als Kind schon durch unangemessene Reaktionen aufgefallen. Hat mal ihren Zimmerschlüssel in die Toilette geworfen, aus Trotz. Ich denke, wir können den Fall jetzt endgültig abschließen. Er hielt Simon die Tür auf. Und falls Sie doch noch den Beistand eines Kollegen brauchen, na ja, Sie werden schon wissen, was Sie tun. Sie sitzen ja sozusagen an der Quelle. Er begleitete Simon hinaus.

24

Helen strich über das olivgrüne Mäppchen in ihrem Handteller. Schlangenleder, dachte sie, irgendein Reptil. Sie roch daran. Dann legte sie es zurück in die Schublade. So leicht würde sie sich nicht abspeisen lassen. Schon wieder hatte Simon einen Termin abgesagt, er hatte es nicht einmal für nötig befunden, sie selbst anzurufen, er hatte seine Vorzimmerdame vorgeschickt, dieses junge Mädel, das von nichts eine Ahnung hatte, so jedenfalls wirkte sie, von einer Dame konnte man da eigentlich nicht sprechen. Eigentlich hatte sie sie nur zufällig zu Gesicht bekommen, einmal, als sie sich in der Tür geirrt hatte. Ganz erschrocken hatte das junge Ding drein geblickt. Als müsste sie sich für ihre Anwesenheit entschuldigen. Hübsch war sie, das musste sie zugeben, auch freundlich und zuvorkommend, aber unglaublich naiv, so war sie ihr vorgekommen. Aber nein, sie, Helen, durfte niemals jemanden so abqualifizieren, das war gemein. Sie selbst hatte ihr Leben lang darunter gelitten, nicht für voll genommen zu werden, von ihrem Vater, von Robert, von seiner neuen Frau. Es war nicht fair, über die Defizite von anderen so unerbittlich zu urteilen. Nicht wenn sie schwach waren und wehrlos und jenen Launen der Natur ausgeliefert, die ihre Gaben nur sehr ungleichmäßig verteilt.

Simon wollte sich ihr entziehen, das spürte sie. Er hatte Angst, aber er brauchte sie, er war befangen, das war alles. Er hätte sie ja wegstoßen können, viel früher schon, er war ein gestandener Mann, der wusste, wie man mit aufdringlichen Gänschen verfuhr. Es war sicher nicht das erste Mal, dass eine Klientin sich ihm in den Weg stellte und Zuneigung einforderte. Aber mit ihr, das war etwas anderes, das hatte sie gleich gespürt. Und er auch, so wie er sich verhielt. Helen war kein Gänschen, das man einfach so von sich stieß. Sie hatte lange genug selbst geglaubt, sie sei eines, viel zu lange, aber sie war keines. Es hatte eines Mannes wie Simon bedurft, sie wach zu küssen. Sie hatte nicht umsonst so lange gewartet. Ihre Liebe war rein und unschuldig, aber sie selbst war nicht naiv, und sie hatte die Gabe zu sehen, was niemand sah. Jahrelang hatte sie sich darin trainiert, den leisesten Schwingungen nachzuspüren, im Elternhaus, in der Kita, und sie war eine Meisterin darin geworden, in den Gesichtern und Körperhaltungen der anderen zu lesen. Die Ablehnung ihres Vaters, wenn er ihr über den Kopf strich, wenn er ihr ins Gesicht lachte mit einem Lachen, das er von seinem liebenden Blick auf Tom zu ihr hinübergerettet hatte und das binnen Sekunden zur Fratze erstarrte, zu einem breiten gefrorenen Grinsen, das niemandem mehr galt. Und sie konnte das Unbehagen in Roberts Bewegungen lesen, lange bevor er sie zu einer dieser gefürchteten Aussprachen aufforderte, die nichts anderes zum Zweck hatten, als sie langsam zu töten. Bis sie selbst insgeheim darauf lauerte, er würde ihr endlich den Gnadenstoß versetzen und sie für immer verstoßen. Sie war ein Opfer, immer gewesen, aber jetzt hatte sie sich gelöst aus ihrer Verpuppung, das spürte sie, sie hatte ihre Hülle zerstoßen, die sie sich zugelegt hatte im Laufe der Jahrzehnte der Herabsetzung. Als wäre sie schlagartig erwachsen geworden und unangreifbar in ihrem Bedürfnis nach Erfüllung.

Wie lange hatte sie nicht mehr das Kratzen von Bartstoppeln auf ihrer Haut gespürt, den sanften Druck starker Hände auf ihren Schultern. Simon hatte ganz heiße Ohren gehabt und einen Adamsapfel, der hervorstach, fast wie ein zweites Kinn. Sie hatte das Bedürfnis gehabt, ihre Hände um seinen Hals zu legen und zuzudrücken, nur ganz kurz, nur diese eine Schrecksekunde lang, die ihn zum Bittsteller machte, die Augen weit aufgerissen, nur ganz kurz, der erschreckte Blick eines Jungen, der in diesem Moment erfuhr, wie aus Spiel plötzlich Ernst wurde, um dann umso befreiter aufzulachen, wenn sie ihren Griff wieder lockerte, sich dann endgültig fallen ließ und losließ, wie ein verwundeter Held. Wie weich seine Haare waren. Sie hatte ihn beim Schopf gepackt und sich hineingewühlt in sein dunkles Haar, mit ihren langen Fingern, und daran gerochen.

Und dann hatte er sie von sich gestoßen, einfach so. Eine Spur zu heftig, wie sie fand. Und sie zur Tür geschoben. Und ihr nahegelegt, die Therapie bei ihm abzubrechen. Sonst müsse er es tun. Aber so leicht würde sie sich nicht abspeisen lassen. Sie wusste, dass er sie begehrte.

Helen ging ans Fenster und streckte sich. Seit zwei Tagen war sie nicht mehr in der Kita erschienen, nachdem sie die Mutter des kleinen Jasper als Kamikaze-Mutter bezeichnet hatte. Eine Mutter, die offenbar nichts anderes zu tun habe, als ihr eigenes Leben mit den vermeintlichen Überflieger-Qualitäten ihres Kindes aufzuwerten, das im Grunde zu bedauern sei für diese Überhöhung und sich dem übermäßigen Erwartungsdruck dadurch zu entziehen suche, dass es anderen Kindern die Legolandschaften kaputt trample. Noch am selben Abend war sie von der Chefin ins Büro zitiert und aufgefordert worden, sich bei Jaspers Mutter zu entschuldigen. Die Kindergartenleitung hatte sie regelrecht in die Mangel genommen und sie auf die Unannehmlichkeiten eines möglichen Disziplinarverfahrens hingewiesen. Schließlich war sie ganz ernst geworden, die gute Frau Gerber, ganz vorsichtig hatte sie ihre emotional kompetenten Fühler ausgestreckt und nachgefragt, ob bei Helen zuhause alles in Ordnung sei. Ob sie Probleme habe. Sie wirke so unausgeglichen in letzter Zeit, so reizbar. Sie habe Verständnis dafür, grundsätzlich, dass diese pädagogisch anspruchsvolle wie wertvolle Aufgabe eine Mitarbeiterin aus dem Gleichgewicht bringen könne, schließlich sei der Beruf der Erzieherin alles andere als leicht. Ganz im Gegenteil, eine besonders verantwortungsvolle, eine wichtige Arbeit sei das, da Arbeit am Menschen. Und wie alle anderen sozialen Berufe berge diese Arbeit ganz besonders die Gefahr, einen auszubluten, zu verzehren, und darum müsse man nur umso genauer auf die Zeichen achten, in sich hineinhören und gegebenenfalls Hilfsangebote wahrnehmen. Und so weiter. Helen schnaubte verächtlich. Je klarer sich für sie abzeichnete, wo ihre eigentliche Bestimmung lag, desto weniger konnte sie sich vorstellen, den Rest ihres Lebens, das gerade erst begonnen hatte, das spürte sie, auf Ikea-Stühlchen der Serie Mammut zu verbringen. Im Moment jedenfalls hatte sie dringlichere Aufgaben als sich mit Jaspers Mutter auseinanderzusetzen.

Wie weich doch seine Haare waren, wie unruhig sein Blick. Als wäre sie, Helen, in Bereiche vorgedrungen, die er niemandem frei gab.

25

Was suche ich auch nachts da draußen? Helen lag zusammengekauert unter einer Wolldecke auf dem Sofa. Als wäre sämtliche Energie aus ihrem Körper herausgesickert und sie selbst nichts weiter als ein lebloser Lappen. Sie fühlte sich krank und angreifbar. Warum konnte sie es nicht einfach sein lassen? Ihn in Ruhe lassen, nach all der Zeit? Sie musste sich erkältet haben, bei ihrem letzten Streifzug. Dieses Kratzen im Hals, die wunden Mandeln und Nebenhöhlen, sie musste aufpassen, dass sie sich nicht völlig verausgabte. Als hätte sie nicht wichtigere Aufgaben. Wenigstens hatte sie jetzt einen Grund, ihre Auszeit im Kindergarten um ein paar Tage zu verlängern. Sie hatte es längst nicht mehr nötig, Robert hinterherzuspionieren, schon lange nicht mehr, aber diese nächtlichen kleinen Ausflüge hatten ihr gutgetan, all die Jahre, diese fast schon routinemäßigen Spaziergänge in die Lütticher Straße. Sie durfte nicht undankbar sein. Diese Spaziergänge hatten sie hinweggerettet über die schwierige Zeit nach der Trennung, sie hatten ihr Halt gegeben und Struktur. Eine Schneise geschlagen in den unerträglich gleichförmigen Verlauf ihrer Abende. Das beruhigende, blau flackernde Licht, wenn sie die Tagesthemen schauten, Robert und seine Frau, wenn die Kinder schon schliefen, dann die Schatten im Badezimmer hinter den Milchglasscheiben. Normalerweise gingen sie getrennt ins Bad, erst Louise, dann Robert. Nur in den ersten Monaten nach Louises Einzug waren sie zusammen dort zu sehen gewesen, zwei ineinanderfließende Schemen. Auch die Rituale dieses Vorzeigepaares hatten sich verändert im Laufe der Zeit und neu eingespielt. Die Kinder waren größer inzwischen, der Ältere müsste bald in den Kindergarten kommen. Und die Kleine saß mittlerweile im Buggy und nagte an ungesüßten Reiswaffeln. Immer dienstags und freitags machte Louise sich zum Joggen auf, immer zwischen 19 und 20 Uhr, dann musste Robert die Kinder hüten, wenn er aus dem Sender kam. Ein paar Mal war sie Louise begegnet, wenn sie gerade um die Ecke schoss Richtung Aachener Weiher, aber

Louise schien sie nicht zu erkennen, wahrscheinlich hatte er ihr kaum etwas erzählt von ihr und Louise ihr Gesicht von den wenigen Fotos längst vergessen. So unbedeutend war sie ihm geworden, und Louise auch, ein Nichts. Das ihm immerhin den Weg nach Köln geebnet hatte. Ohne sie, Helen, säße er jetzt immer noch in Münsingen auf der Alb und mühte sich ab in einem Job, den sein Vater ihm zugedacht hatte, den er aber selbst nie gewollt hätte. Verkäufer bei Hugo Boss, Endstation Sehnsucht. Natürlich nicht als einfacher Verkaufsassistent, sondern als Drahtzieher in den oberen Etagen. Robert wäre todunglücklich geworden dort, ein schwäbischer Ofenschlupfer, versunken in bieder-betriebsamer Mittelmäßigkeit. So wie sie selbst. Sie hatten einander an die Hand genommen, damals, und den Sprung in die Großstadt gewagt, den gemeinsamen Ausstieg, und all das hatte Robert nur Helen zu verdanken gehabt. Und jetzt hatte er sich hier eingerichtet, ganz ohne Helen, ganz hübsch und smart, in ihrer gemeinsamen Wohnung, mit einer Frau, die auch jeden anderen hätte haben können, mit zwei putzigen Kindern mit Rotznasen und Kulleraugen. Renovierter Altbau mit Fußbodenheizung. Es war nicht richtig, dass Louise jetzt dort lebte. Es ist meine Wohnung, dachte Helen. Sie hatte sie gemeinsam mit Robert gesucht, sie hatten sie gemeinsam bezogen, sie und Robert. Sie kannte jeden Winkel, jeden Riss in der Decke. Jeden Lichtschalter. Und jetzt lebte er mit dieser Louise dort und ihren gut geratenen Kindern. Sie selbst hatte man mit zwei Zimmern am Friesenplatz abgespeist. Wie hätte sie sich eine Vierzimmerwohnung auch leisten können? Robert hatte sie bei der Wohnungssuche unterstützt, gönnerhaft wie er war. Er hatte mit seiner Brieftasche gewedelt und mit seinen schwäbischen Sekundärtugenden. Er hatte so getan, als hätte er ihr beim Aussteigen geholfen, beim Ausstieg aus einem längst nicht mehr fahrenden Zug. Als hätte er ihr ein Sprungtuch gespannt. Unsere Beziehung ist tot, hatte er gesagt. Was soll man ein totes Tier denn noch pflegen?

Und jetzt saß diese Louise ihm am Tisch gegenüber, an diesem schönen Esstisch aus Eiche Natur, der Platz bot für mehr als zwei Liebende, für Gäste und Kinder und Gedecke aus weißem Porzellan. Kerzen und Weingläser, Lichtspiele in den Fensterscheiben. Sie war oft genug an der Ecke gestanden, alleine im Dunkeln, in der Einsamkeit ihrer Gedanken, einer Erinnerung nachspürend, die es mit der Wirklichkeit hier niemals aufnehmen könnte. Wie ein Stachel hatte sich diese Idylle in Helen festgesetzt und sie nach der endgültigen Trennung von Robert aus dem Haus getrieben, jeden Abend, immer wieder. Das Leben war anderswo, immer schon gewesen, hinter den Scheiben dieser Häuser zum Beispiel, hinter den Mauern dieser Wohnung. Wo immer Helen sich befand, das Leben war immer auf der anderen Seite.

Helen wusste selbst nicht, was sie in die Lütticher Straße trieb. Warum sie sich all das antat. Die Lütticher Straße war ihr Erstwohnsitz, immer noch, gefühlt und auch auf dem Papier. Sie hatte sich niemals dort abgemeldet. Ihre Strategie gegen das Vergessenwerden. Und wenn es nur war, um Robert eins auszuwischen.

Wer sieht, muss sehen, dachte sie. Es war dieser Stachel, der sie stach, immer wieder. Sie musste sich die Bilder vor Augen führen, immer wieder, die Schatten hinter den Fenstern, die Nachttischlampe zum Hof hin, dic kurz vor Mitternacht gelöscht wurde. Dann liefen die Bilder weiter in ihrem Kopf, bis sie zu frösteln begann, im Schutz der kleinen Backsteinmauer, neben den Mülltonnen, sie stellte sich vor, wie er seine Louise auszog, ihr den Kimono über die Schultern schob, wie er sich in ihren Brüsten vergrub, in dem gebärfreudigen Schoß, wie sie ihm den Finger auf den Mund legte, pscht, nicht so laut, die Kinder. Wie sie gemeinsam den Atem anhielten gegen die Hellhörigkeit der Nacht, die ihnen allein gehörte, im Schutz ihres Schlafzimmers, unwissend, dass es dort noch jemanden gab, dort unten, im Schatten des Hofes. Eine heimliche Spaziergängerin, Lauscherin, eine Sehende, die niemand sah. Die ihren Blick über das Geschehen spannte, über die Geheimnisse hinter den Fenstern und Mauern.

Jetzt hatte sie Halsweh und Kopfweh, und ihre Glieder schmerzten. Sie ließ sich die Wanne volllaufen, ein

Muskelbad mit Salbei und Minze. Im Badezimmer dampfte es, so heiß wollte sie ihr Bad, dass sie meinte, daran zu verbrennen. Sie wischte mit dem Handteller über den Spiegelschrank, der vom Dunst beschlagen war. Das Gesicht, das ihr jetzt entgegenschaute, kam ihr verzerrt vor und fremd. Die hellen Augen, fiebrig und trotz allem kalt. Wie diese Bonbons, die ihr Vater so gerne gelutscht hatte, wie hießen sie noch? Gletschereis. Sie hauchte auf das Glas, bis ihr Gesicht wieder verschwand.

Vielleicht sollte sie ihre Erkältung nutzen, dachte Helen, um sich bei Simon in Erinnerung zu rufen. Anrufen und absagen, dachte sie, um ihn in die Gewissheit zu versetzen, sie werde ihn in Ruhe lassen, und gleichzeitig in die schwelende Ungewissheit, sie könnte ihn jederzeit abstrafen. Ihn verraten. Sie streifte ihr Hemdchen ab, über ihre mageren Schultern, sah zu, wie es zu Boden glitt. Und stieg in die Wanne.

26

Warum er Analytiker geworden war? Weil er anderen Menschen helfen wollte, ihr jämmerliches Leben in den Griff zu bekommen? War es das? Seit Claires Tod beschäftigte ihn diese Frage mehr denn je. Er hätte genauso gut Schauspieler werden können oder Diplomat, oder Rechtsanwalt, wie so viele seiner ehemals antibürgerlichen Weggefährten, die in jungen Jahren nicht müde geworden waren, gegen das Establishment zu wettern, zu dem sie selbst inzwischen gehörten. Mit maßgeschneiderten Anzügen und Aperol Sprizz zum Wochenendstart, zwischen Lions Club und Segeltörns im nordfriesischen Wattenmeer. An Kontakten und Seilschaften hätte es Simon nicht gefehlt, um auch in anderen Berufsgruppen Fuß zu fassen. All die Leute, die seine Kindheit bevölkerten, all die wichtigen und angeblich großartigen Menschen, die bei seiner Mutter ein- und ausgingen und um ihre Hand anhielten, oder danach gierten, ihr wenigstens eine Gefälligkeit zu erweisen, und sei es nur, den hin- und hergeschobenen Buben in eine Ausbildung oder Position zu bringen, die ihm eines Tages nützlich sein würde. Potenzielle Väter hätte es viele gegeben, damals, nur seinen eigenen hatte Simon nie kennen gelernt. Und die anderen waren zu kurzlebig gewesen, um ihn zu binden. All diese feschen Herrn, die seiner Mutter den Hof machten und ihr aufwarteten, im Foyer der Wiener Staatsoper, wo sie sich als strahlende Diva feiern ließ, mit Champagner und Blumen und »Küss die Hand«. Die Königin der Nacht. Während der Bub in der Burggasse sehnsüchtig am Fenster stand und sich fragte, ob sie ihn lieb hatte. Und ob sie alleine nachhause käme, heute Nacht.

Kurz vor der Matura hatte sie ihm auf die ihr eigene Weise ein paar Französischstunden organisiert. Die gelangweilte Gattin eines ihrer Verehrer sei Französin, hatte sie gesagt, und durch die ausschweifenden dienstlichen Verpflichtungen ihres Mannes viel allein. Als Simon das erste Mal bei der Dame vorstellig wurde, strich sie ihm mitleidig über den Schopf. Sie gab ihm ein Glas Apfelsaft und skandierte mit Verve die unregelmäßigen Verben, je prends, tu prends, il prend. Isch nehme, du nimmst, er, sie, es nimmt. Madeleine, sagte sie, nenn misch Madeleine, und ihr Busen wippte im Takt. Simon erinnerte sich noch gut an ihre manierierte Art zu sprechen, wie sie den Mund verzog, wenn sie die Vokale nasalierte, an die gepuderten Wangen erinnerte er sich, an die rosige Gesichtshaut und den Duft von Chanel. Fast musste er lachen, wenn er heute daran zurückdachte. Mit jedem seiner Besuche bei Madeleine war ihr Dekolleté tiefer geworden und praller, so kam es ihm vor, bis sie irgendwann anfing, die Verben etwas zu wörtlich zu nehmen, isch nehme, du nimmst, er, sie, es nimmt, und sich selber nahm, was sie begehrte. Madeleine, hatte sie gesagt, nenn misch Madeleine, und dann seine Hand zwischen ihre Oberschenkel geschoben.

Aber warum denn nur, Simmi, jammerte die Mutter, als er den Unterricht abbrach, sei doch nicht dumm. Es geht doch um dich, Simmi, und um deine Matura. Und das alles für umsonst. Nur weil der Toni ein bissel ein Aug auf uns hat. Das dürfe man ruhig annehmen, in diesen schweren Zeiten. Aber auch der Toni hatte irgendwann sein Aug wieder abgewandt von der Mutter, und der Simmi hatte seine Matura auch ohne die Nachhilfe von Madeleine geschafft. Und nach dem Toni waren noch viele gekommen, die ein Aug auf seine Mutter hatten, nur Simon hatte irgendwann seine Sachen gepackt und war gegangen, weit weg. Erst in eine eigene Wohnung, dann zu einer ersten Frau, dann zu Ruth und mit Ruth nach Köln. Vielleicht hatte er deswegen Psychologie studiert, dachte Simon. Weil er wissen wollte, wie das war mit den Grenzen, wann ein Nein tatsächlich ein Nein war und ein Ja ein Ja. Und wenn er ehrlich war, so wusste er es bis heute nicht.

Simon klickte missmutig in seinem digitalen Terminkalender. Jetzt wünschte er sich weg aus Köln, weit weg. Er hätte die Wiener Wohnung seiner Mutter nicht verkaufen dürfen, dachte er. Es war eine schöne Wohnung, hohe Decken, Stuck, mit Dielen aus Pinienholz, wenn auch alt und renovierungsbedürftig. Sie war im siebten Bezirk gelegen, mit Blick auf die Burggasse. Gleich um die Ecke und ein bisschen die Straße hinunter stand das Volkstheater, das Spaßhäusl für die Bürgerlichen, wie seine Mutter zu sagen pflegte, wenn sie die Neustiftgasse hinunterschlenderten Richtung Ring. Da spielen's den Nestroy und Raimund und Horvath. Aber nicht nur. Heute galt der siebte Bezirk als eine der besonders angesagten Gegenden, nicht weit von der Museumsinsel, ein Katzensprung nur zur Wienzeile. Die Gegend seiner Kindheit. Er erinnerte sich an seine einsamen Streifzüge um den Spittelberg, an die Beisln an der Ecke und den glatzköpfigen Fischhändler am Naschmarkt, der mit den Fischleibern jonglierte, als wären es Kegel und Bälle, die schleimig-schillernden Leiber in seinen klobigen Pranken, er hatte sich davor geekelt als Kind und doch immer wieder hinschauen müssen, wie er sie drehte und wendete, die Sonderangebote dabei ausrief und all die anderen Händler übertönte. Noch heute sah Simon die auf Eis gebetteten Fischaugen und Mäuler, weit aufgerissen, die verschmierte Gummischürze des Händlers, noch heute konnte er das Salzwasser riechen und dieses metallische Gemisch aus Ammoniak und Blut.

Er hätte genauso gut in Wien bleiben können, damals, aber irgendwann hatte er nur noch weg gewollt von daheim, von seiner Königinmutter, dachte er, die mit dem Altern immer schlechter zurechtgekommen war, die ihm unaufhörlich in den Ohren lag mit ihrem mittlerweile scheppernden Sopran, das sei ja gar nicht mehr unser Wien, jammerte sie, und die Burg nicht mehr unsere Burg, all die Fremden und Zugereisten und die neumodischen Sitten, diese ganze Verwahrlosung des Anstands. Und die Oper erst. Früher seien die Männer Schlange gestanden im Foyer, ganz fesch und mit Lilien und Rosen im Arm. Und heute gingen's in Turnschuhen in die Oper und rangelten sich um eine der Stehplatzkarten für zehn Schilling.

Und dann hatte er Ruth kennen gelernt, im Studium, die Dunkelhaarige mit dem Erdenton, ihre Stimme tief und weich und nah am Grund. Schön war sie und bodenständig, und ganz anders als seine Mutter, die noch im Alter auf ihrem Blondsein beharrte, dem sie ein Leben lang nachgeholfen hatte, aber nein, sagte sie, alles Natur, immer wieder, bis sie irgendwann selbst daran glaubte.

Simon scrollte gedankenverloren in seinem Kalender. Es war kalt geworden in der Praxis, er überlegte, ob es sich noch lohnte, die Heizung aufzudrehen. Er stand auf und zündete sich stattdessen eine Zigarette an. In dem kleinen Schälchen auf dem Balkon häuften sich inzwischen die Kippen, er schaute nach dem Fetzen der Plastiktüte in seinem Lieblingsbaum, er war noch da. Alles beim Alten, dachte er. Dann drückte er die halb gerauchte Kippe zu den anderen in das Schälchen. Er müsste diese Helen anrufen, dachte er, und mit ihr reden. Er musste sie einbestellen. Oder sollte er die Sache einfach aussitzen und warten, bis sie zu ihrem regulären Termin wieder erschien, bis nächsten Mittwoch? Den Termin gestern hatte er ihr abgesagt, absagen lassen, er hatte Mirjam vorgeschickt, das war feige. Aber er hatte nichts falsch machen wollen und sich die Worte zurechtlegen, ein bisschen Distanz zum Geschehenen. Ob das ein Fehler war? Wer weiß, vielleicht kochte diese Patientin bereits vor Erregung, steigerte sich hinein in ihre Wut und drehte noch durch, wenn er sie zu lange warten ließ. Auf ganz dünnem Eis. Ruths Worte.

Er atmete tief durch und griff zum Hörer. Helen nahm nicht ab. Am nächsten Morgen fand er eine Notiz auf seinem Schreibtisch, die Patientin Winter habe sich für die nächste Woche krankgemeldet.

27

Simon, sagte die Stimme am Telefon. Er hatte sie sofort erkannt. Ich bin es. Oh ja, er wusste genau, wer sie war.

Hören Sie, sagte er, das ist mein Privatanschluss, und für Sie bin ich noch immer Ihr Therapeut und nicht Simon. Woher haben Sie meine Nummer? Im selben Augenblick schon bereute er diese Frage. Sie würde Helens Position nur weiter stärken. Seine Unruhe und sein Missmut gegen ihr Gefühl der Überlegenheit. Auch Aggressionen, das wusste er, waren Gefühle, die Menschen verbanden, mehr als einem lieb war, und das würde auch Helen wissen, sie hatte die ausgeprägten Instinkte einer Besessenen.

Das Leben ist bisweilen unergründlich, flötete Helen, nicht wahr? Damit müsstest du dich doch auskennen, sagte sie, mit der Unergründlichkeit. Simon. Sie ließ sich den Namen auf der Zunge zergehen, wie sie ihn dehnte und auskostete, jeden einzelnen Konsonanten, das S und das M und das N. Simon.

Helens Stimme klang heiser und kratzig, ein gebrochenes Eisvögelchen, dachte er, und im selben Moment zwang er sich, auf der Hut zu bleiben. Helen war unberechenbar und viel stärker, als sie schien. Ein Vögelchen mit der Energie eines Raubvogels und einem gefährlichen Splitter im Herzen.

Ich werde Sie niemals duzen, sagte er.

Auch dann nicht, wenn Sie mir so nahe sind wie neulich? Aber lassen wir das, ich habe nicht vor, Sie zu verunsichern. Simon … Sie hatten versucht, mich anzurufen. Wann kann ich kommen?

Ich dachte, Sie seien krank?

Ja, das dachte ich auch, aber jetzt geht es mir besser. Ich möchte Sie sehen. Es ist wichtig.

Für die Termine ist Mirjam zuständig.

Mirjam. Natürlich. Ist sie etwa auch für die Ablage der Behandlungsprotokolle zuständig? Ich frage mich, was Sie über unsere letzte Sitzung dort vermerkt haben.

Sie ist Montag früh ab acht wieder in der Praxis. Die Nummer haben Sie.

Bis dann, Simon. Gute Nacht.

Auf Wiederhören, Frau Winter.

28

Wie gut, dass Helen sich die Nummer gemerkt hatte, als sie in Simons Wohnung war, sie stand auf dem Schildchen der Ladestation. Ein ganz herkömmliches altes Teil. Im Telefonbuch hätte sie sie nicht gefunden, gewiss nicht, diese Therapeuten brauchten ihre Diskretion, darin waren sie sich alle gleich. Ihre Abgrenzung, wie es so schön heißt. Nach dem Unglück von Tom und ihrem Vater in den Bergen hatte Robert sie schon einmal zu einem Psychologen geschleift. Das hatte er damals fein ausgehandelt mit ihrer Mutter, die, wenn sie schon für sich selbst nichts übrig hatte, wenigstens andere brauchte, um die sie sich sorgen konnte. Sie müsse ihren Bruder loslassen, hatte es geheißen, und auch ihren Vater, gerade ihren Vater, mit dem sie ganz offenbar noch ein paar Rechnungen offen habe. Sie müsse ihren Frieden schließen mit ihrer Familie, und vor allem mit sich selbst, und auch die Mutter dürfe sie nicht verachten, die ja auch nur eine Gewordene sei. Sie müsse sich selbst in den Mittelpunkt rücken, jetzt oder nie, und hindurchgehen durch den Schmerz, so weh es auch tue. Einmal hatte Helen geweint wie ein Schlosshund, mitten in der Praxis des Therapeuten. Er war alt und gütig und väterlich. Aber als die Zeit abgelaufen war, hatte er sie trotzdem nach draußen geschickt und auf die Uhr verwiesen und die noch wartenden Klienten, die allesamt seiner Hilfe bedürften und seine Zeit jetzt für sich beanspruchten. So war das System. Eine getaktete Zeitspanne fürs Zuhören, dann war Schluss, aus die Maus, wie ihre Mutter zu sagen pflegte. Gerade ihre Mutter musste so etwas sagen, dachte Helen, für die es kurz darauf selbst zu Ende gegangen war, endgültig, aus die Maus. Gerade ihre Mutter, die entschlafen war in der Sorge um ihre Tochter, die sie nun alleine zurücklassen müsste, ganz allein und traumatisiert von den Umständen und längst nicht geheilt. Damals war ihr dieses Gesprächskonstrukt vorgekommen wie eine Form der Prostitution, man hatte Bedürfnisse, der Therapeut bot sich an, sie zu stillen, eine Stunde lang. Man bezahlte dafür und ging. Manchmal fragte sie sich, wer sich in diesem Abkommen mehr prostituierte, der Patient, der sich entblößte, oder der Therapeut, der sich für seine Dienste bezahlen ließ. Und der gut verdiente an der Nacktheit der anderen. Sie hatte die Sitzungen irgendwann abgebrochen. Loslassen, das sagten sie alle. Und wie leicht sich das sagte. Und wenn es denn sein musste, ließen sie selbst einen fallen.

Aber mit Simon, das war etwas anderes, den hatte sie selber sich ausgesucht. Den würde sie niemals loslassen. Helen stellte sich ans Schlafzimmerfenster und ließ ihren Blick über den Friesenplatz schweifen. Simon war in seinen Gewohnheiten leider viel weniger taxierbar als Robert. An manchen Tagen schien er überhaupt nicht nachhause zu kommen. Dann sah sie den ganzen Abend kein Licht in der Wohnung brennen. Selbst wenn sie noch eine ihrer Runden drehte, im Schutze der Dunkelheit, einmal herum um den Block. Ob er dann tatsächlich in der Praxis schlief? Ob er es immer noch nicht aushielt zuhause, ganz allein ohne Claire? Claire. Fast hatte sie schon vergessen, dass es sie gegeben hatte. Aber dieses Bild würde sie nie vergessen, den Anblick der Toten auf dem Stein. Heute jedenfalls hatte er es gewagt, nachhause zu kommen. Sie hatte mit ihm gesprochen, von Haus zu Haus, sie hatte seine Stimme gehört. Lediglich ein paar Meter, die zwischen ihnen lagen, ein paar Mauern und Wände. Wie gerne würde sie, Helen, ihrem Simon ein Nest bauen, mit weißem Leinen, das nach Rosen roch, und frischen Schnittblumen. Vielleicht würde sie sogar mit dem Trinken anfangen, roten Wein aus großen Kelchen, der ihre Zungen blau färbte vor dem Liebesspiel. Sie würde sich in seinem Haar vergraben, und wenn sie das Haus verließen, würde sie sich bei ihm unterhaken, er würde den Schirm über ihr aufspannen, seinen Regen- und Rettungsschirm, und sie würde aufgehen in seinem dunkelblauen Tuchmantel, in seinem ruhigen Atem, im Hier und Jetzt und für alle Ewigkeit. Helen löschte das Licht.

Als sie sich am nächsten Morgen auf der gegenüberliegenden Seite der Praxis postierte, sah sie das Profil einer jungen Frau, die gerade das Haus verließ und in schlenderndem Gang Richtung Neusser Straße verschwand. Sie trug eine Lederjacke und Stiefeletten und ein Blumenkleid in Beerentönen. Dazu eine Tasche, wie sie selbst eine besaß. Eine Patientin konnte das nicht sein. Oder etwa doch? Machte Simon bei anderen Frauen Ausnahmen, womöglich, und sogar Termine am Wochenende? Nur nicht für sie? Vielleicht wohnte die Frau in dem Haus. Wenn ja, dann war sie Simon bestimmt längst begegnet und aufgefallen. Ob er sehr anfällig war für die Schönheit der Frauen? Gewiss. Sie beschloss, noch eine Weile auszuharren. Aber so lange Helen auch wartete, Simon zeigte sich nicht.

29

Anna fühlte sich vernachlässigt, das wusste Simon. Aber zunächst einmal musste er diese Helen loswerden, die schon wieder vor seiner Tür unten wartete, es war nicht das erste Mal. Kein Wunder, dass sie sich verkühlte. Seit zwei Stunden schon trieb sie sich hier herum, an einem Sonntagvormittag. Und fast wäre er hineingetappt in ihre Falle, aber dann hatte er sie doch noch gesehen, gerade noch rechtzeitig, durch das Fenster im Treppenhaus. Anna hatte er eben fortgeschickt, weil er allein hatte sein wollen. Und jetzt hielt ihn diese Verrückte in der Weißenburgstraße fest. Sie hinderte ihn, das Haus zu verlassen. Ob sie Anna noch gesehen hatte? In Zukunft müsste er es vermeiden, Anna in der Praxis zu treffen. Aber zuhause, das war undenkbar. Es käme ihm vor wie ein Frevel an Claire, nach allem, was vorgefallen war. Bei Anna zuhause hielt er es ebenso wenig aus. Dieses Schweigen, das sich zwischen sie geschoben hatte, seit Claire nicht mehr da war, dieses sich Ausschweigen über die Unglücksnacht, dieser Tanz um den heißen Brei, als wäre auch noch eine Rasierklinge darunter verborgen. Diese unausgesprochene Schuld. Was das Miteinander mit Anna seit dem Unglück beherrschte und verdarb, war das stillschweigende Abkommen, lieber gar nichts mehr wissen zu wollen, nichts hören zu wollen und nichts sehen zu wollen. Nicht, was der andere dachte, nicht, was der andere fühlte. Und schon gar nicht, was wirklich geschehen war. Es war, als hätten sie keinen Ort mehr zusammen, und keine Worte mehr. Nur dieses Schweigen, das alles beherrschte. Ganz nachdenklich hatte sie ihn vorhin angesehen, ganz ernst, dann verengten sich ihre Augen zu einem Schlitz. Okay, hatte sie gesagt. Wenn du meinst, du musst weiter auf Rückzug gehen, dann tu das. Aber ewig werde ich nicht auf dich warten. Gib uns ein bisschen Zeit, hatte er sie gebeten, nichts ist, wie es war. Nur ein bisschen Zeit.

Anna brauchte ihn nicht, da war er sich sicher. Und doch, der Gedanke, sie womöglich an diesen PC-Nerd abtreten zu müssen, war ihm unerträglich. Wie hieß er doch gleich, Basti? Was für ein Name, wie lächerlich. Aber der Junge hatte Charme, keine Frage, und er war heimlich verliebt in sie. Das hatte er gleich gesehen. Und er war jung und unbeschwert und seine Lebensfreude würde Anna mitreißen.

Er musste sich zusammennehmen, dachte er, sich Mühe geben. Er wollte Anna nicht auch noch verlieren.

Als Simon klein war, hatte er die bemerkenswerte Gabe entwickelt, Situationen einfach auszusitzen. Die Abende am Fenster in der Burggasse, wenn er auf seine Mutter wartete, die langen Morgenstunden, wenn sie sich von den Strapazen der Vorstellung erholte und sich ausschlief, vielleicht auch von den Strapazen ihrer durchliebten Nächte, mit wem auch immer, ob sie nun Toni hießen oder Franz. Er hatte gelernt sich in Zurückhaltung zu üben, er wusste, wann er zu schweigen hatte, wann die Fragen unerwünscht waren, wann er leise sein musste oder Dankbarkeit zeigen. Später hatte er gelernt sich zu nehmen, was ihm zustand, und dabei zu verbergen, was ihn im Innersten betraf. Er war ein Spieler, das wusste er. Und dort unten wartete eine Frau, die leidenschaftlich darauf brannte, es mit ihm aufzunehmen. Er würde auch diesen Tag einfach aussitzen, dachte er. Und sie nächste Woche in die Praxis bestellen, um sie endgültig zu verabschieden.

30

Ist das deine Tochter? Helen wies auf eines der Fotos auf Simons Schreibtisch, das Bild von Anna. Daneben ein Porträt von Claire vor einer weinroten Efeuwand, erst im letzten Herbst hatte er es aufgenommen. Plötzlich kam ihm dieses Arrangement geschmacklos vor. Er müsste Anna wieder wegstellen, dachte er.

Ich glaube nicht, dass Sie das etwas angeht, sagte Simon trocken. Und wenn Sie mich weiterhin duzen, brechen wir die Sitzung hier auf der Stelle ab.

Entschuldigen Sie, Herr Prohaska. Ich wollte nicht unhöflich sein. Helen steuerte zielstrebig auf ihren Sessel zu und legte ihre Tasche neben sich auf den Fußboden. Ich dachte nur, sie sähe Ihnen ähnlich. Als hätte ich sie schon einmal gesehen.

Ich habe keine Kinder, sagte Simon.

Das tut mir leid. Ich auch nicht. Einen Moment lang blickte Helen gedankenverloren ins Leere. Vielen Dank, dass Sie mich dazwischengeschoben haben, ich … Ich habe das Gefühl, dass ich mich ununterbrochen bei Ihnen entschuldigen muss. Als wäre ich ganz klein vor Ihnen und Sie übergroß.

Wir müssen die Therapie abbrechen, sagte Simon. Frau Winter, Helen, er bemühte sich um einen festen Blick. Auch deswegen. Sie sehen Dinge in mir, die ich nicht bin.

Woher wollen Sie wissen, was ich in Ihnen sehe?

Natürlich weiß ich es nicht, nicht mit Gewissheit. Aber ich sehe Ihre Handlungen. Simon zögerte. Ich werde Sie an einen Kollegen vermitteln. Oder vielleicht an eine Frau, wenn Ihnen das lieber ist.

Ich will keine Frau, und auch keinen Kollegen. Ich will Sie.

Das haben nicht Sie allein zu entscheiden.

Sie haben Angst vor mir.

Wenn Sie das so sehen, Helen, werde ich Mühe haben, Sie vom Gegenteil zu überzeugen.

Sie haben Angst, sich in mich zu verlieben.

Hätte ich Sie in einer Bar kennen gelernt oder beim Schlittschuhlaufen, hätten Sie vielleicht eine Grundlage, mir dies zu unterstellen. Aber Sie sind meine Patientin, Helen. Diese Frage stellt sich für mich nicht. Und so wie die Dinge zwischen uns stehen, werde ich Ihnen nicht helfen können.

Dann sind Sie ein lausiger Therapeut.

Das dürfen Sie ruhig so sehen. Wenn es Ihnen hilft.

Helens Augen blitzten vor Wut. Sie füllten sich mit Tränen. Niemals, sagte sie. Wenn Sie nicht einmal mit mir fertigwerden, einer kleinen Landpomeranze, wie wollen Sie dann erst andere therapieren?

Darum geht es nicht, Helen, das wissen Sie genau.

Um was geht es dann? Geben Sie es doch zu, dass Sie mich vögeln wollen. Gefällt Ihnen das Wort? Oder soll ich ficken sagen? Haben Sie es lieber richtig derb?

Simon fixierte Helen, er versuchte, ihre Wut abzufedern.

Ich werde Ihnen jetzt den Namen eines Kollegen aufschreiben und die Behandlung mit Ihnen abbrechen, sagte er, wegen Befangenheit. Ein nicht unübliches Verfahren. Er stand auf und griff in seine Schreibtischschublade. Hier, sagte er, und streckte ihr eine Visitenkarte entgegen. Ein sehr fähiger Kollege, Sie können mir vertrauen.

Helen rührte sich nicht vom Fleck. Sie zitterte.

Ich werde allen erzählen, was Sie mit mir gemacht haben, stieß sie hervor, wie Sie mich auf die Couch gelegt haben, beim letzten Mal, wie Sie sich zu mir heruntergebeugt haben. Wie Sie ganz geil waren vor Erregung.

Simon holte tief Luft, er versuchte, eine aufschießende Panik zu unterdrücken. Wenn Sie meinen, dass Sie das tun müssen, sagte er ruhig, dann tun Sie das. Aber jetzt bitte ich Sie, zu gehen. Was Sie da sagen, ist Ihre eigene Vision des Geschehens. In Ihrem eigenen Interesse beenden wir jetzt diese Sitzung.

Helen rührte sich noch immer nicht.

Simon hielt ihr die Tür auf. Auf Wiedersehen, sagte er, und im selben Moment erschrak er über seine Gedankenlosigkeit. Diese Frau wollte er wahrlich nicht wiedersehen. Eine Freudsche Fehlleistung. Ahnte sein Unbewusstes etwa bereits, dass er ihren Grenzverletzungen nicht standhalten würde? Adieu, schob er rasch hinterher und hoffte, sie hätte die Botschaft verstanden.

Jetzt war es Helen, die ihn fixierte, eine Mischung aus Protest und Verzweiflung. Gleich wird sie anfangen zu weinen, dachte er.

Nur noch eine Frage, bat sie, eine einzige. Dann gehe ich.

Also gut, fragen Sie.

Nur wenn Sie sich setzen, Herr Doktor, nur diese eine Frage. Ich brauche das Gefühl, dass Sie mich ansehen, bitte. Ich muss Ihnen doch vertrauen können.

Simon setzte sich widerstrebend, er setzte sich auf den anderen Sessel, Helen schräg gegenüber. Schlagartig kamen die Bilder zurück, diese unsägliche Sitzung, Helens unvermittelter Zusammenbruch, alles gespielt? Ihre Lippen an seinem Hals, seinem Mund, ihre eiskalten Finger, die sich in sein Fleisch bohrten. Diese plötzliche Wucht.

Entschuldigen Sie, Herr Prohaska, aber diese Frage geht mir nicht mehr aus dem Kopf, seit Wochen nicht. Wenn jemand sich umbringt, sagen wir mal, er springt aus großer Höhe, von einem Dach zum Beispiel, oder einem Balkon. Wie kommt er dann unten an? Ich meine, verstehen Sie mich nicht falsch, wie sieht er dann aus? Ist dann alles zerschmettert, der Kopf und das Hirn, ich mags mir nicht vorstellen. Verzeihen Sie, aber ich muss das wissen. Für meinen Seelenfrieden.

Warum fragen Sie mich das?

Ich habe mal gehört, dass man ganz heil unten ankommen kann, das sei ganz selten zwar, aber nicht unmöglich. Sie sind doch auch Mediziner. Also erklären Sie es mir.

Simon zögerte. Das hängt von der Höhe ab, sagte er schließlich. Und von den Drehungen, die der Körper in der Luft vollzieht. Davon, ob man mit den Füßen zuerst aufkommt, oder mit dem Kopf. Nehmen wir einmal an, jemand springt aus sehr großer Höhe, dann wird er sich womöglich einmal um die eigene Achse drehen, und die Chance, dass die Beine den Sturz abfedern, ist groß. Dann würden zwar alle Knochen brechen, Beine, Becken, Wirbel, Genick, die inneren

Organe würden reißen. Aber der Kopf bliebe äußerlich verschont, vielleicht.

Und bei geringerer Höhe?

Bei bis zu zehn Metern etwa hätte man wohl den gleichen Effekt.

Warum? Weil der Körper sich gar nicht erst dreht?

Das nehme ich an. Die Flugdauer wäre zu kurz. Aber tot wäre man mit großer Wahrscheinlichkeit trotzdem.

Also sagen wir mal, so ein Sprung aus dem dritten Stock, zum Beispiel.

Warum, Helen, fragen Sie mich das?

Ich möchte nirgends herunterspringen, Herr Prohaska, keine Sorge. Es hat mich beschäftigt, das ist alles. Sie wissen doch, das mit meinem Bruder und meinem Vater.

Die sind in den Bergen verunglückt, das ist etwas ganz anderes.

Trotzdem. Vielen Dank, dass Sie mir geantwortet haben. Ich danke Ihnen.

Helen erhob sich. Die Adresse von dem anderen Therapeuten, Herr Prohaska. Geben Sie mir die Karte. Ich werde machen, was Sie mir sagen, und mit Ihrem Kollegen über alles reden.

Simon spürte, wie ihm der Schweiß kalt im Nacken stand. Wieso hatte Sie das alles gefragt? Was, um Himmels willen, wusste Helen? Und was wusste sie noch?

Es sei denn …, sagte er langsam.

Es sei denn was?

Wir probieren es noch einmal. Simon zögerte. Ich gebe Ihnen eine letzte Chance. Aber die Nummer mit der Ohnmacht, sagte er, die zieht nicht ein zweites Mal.

31

Sie hat Täterwissen, Ruth. Ich meine, er lachte kurz auf, das geht ja nicht, natürlich nicht, dann müsste sie ja selbst gesprungen sein. Simon spürte, wie sein Adamsapfel anschwoll, er fasste sich schützend an den Hals. Sie hat Schauplatzwissen, meine ich. Wie sollte sie sonst auf so eine Frage kommen, so ein Blödsinn, verstehst du? Sturz aus großer Höhe.

Vielleicht ist sie selbst suizidal, sagte Ruth.

Nein. Vielleicht ja, grundsätzlich, aber nicht jetzt. Ich kann mir das nicht erklären. Sie hat ein Ziel, Ruth. Sie hat mich. Da würde sie doch vorher nicht kehrtmachen. Sie will mich, Ruth, verstehst du?

Vielleicht hat sie von dem Fall in der Zeitung gelesen.

Nein. Ich schätze sie nicht so ein, dass sie Tageszeitungen liest, viel zu sehr mit sich selbst beschäftigt, eher so eine Bildschirm-Zapperin, Criminal Intent und Dr. Who und so Zeug. Irgendwas, was ihr Leben spannend macht. Eine extrem instabile Persönlichkeit, so hab ich sie erlebt, geringes Selbstwertgefühl im Wechsel mit Allmachtsfantasien, ein interessanter Fall. Wenn man nicht gerade selbst mitten drin steckt.

Und als Frau nicht unerotisch, nehme ich an.

Hör auf, Ruth.

Simon winkte der Kellnerin. Zum wiederholten Mal seit Claires Tod fiel ihm auf, wie hell die Abende wieder waren. Sie hatten sich in eines dieser Ring-Cafés gesetzt, in die er sich kaum jemals verirrte. Es war Ruths Idee gewesen, keine Erinnerungen, sagte sie, keine Gefahr, jemandem zu begegnen. Und desinteressierte Kellnerinnen, dachte er.

Gelangweilt kam die Bedienung auf ihn zugeschritten, nicht ohne den Blick von dem riesigen Bildschirm zu lassen, der mittig an der Wand hing. Simon bestellte sich einen doppelten Espresso und einen Kognak. Außer ihrem war nur noch ein anderer Tisch besetzt, auf der anderen Seite des Raumes. Entschuldige, sagte er, ich brauch jetzt was Hartes.

Ruth nippte noch immer an ihrem mittelklassigen Rosé. Ihm fiel auf, dass sein Rotweinglas schon fast leer war. Normalerweise war auch er eher ein Genusstrinker.

Und jetzt?, fragte er.

Du wirst ihr ganz höflich und sachlich mitteilen, dass du aus zwingenden Gründen die Behandlung mit ihr abbrichst.

Das geht nicht.

Warum nicht?

Weil ich ihr heute angeboten habe, sie weiterzutherapieren, eine letzte Chance, habe ich ihr gesagt.

Du bist von Sinnen.

Sie weiß zu viel.

Was verschweigst du mir, Simon?

Ruth, ich hatte die Kripo an der Backe, Routine, ich weiß, das sagen sie immer. Ich kann es mir nicht leisten, dass Helen in meinem Leben herumschnüffelt. Ich muss ihr irgendeinen Brocken hinwerfen, damit sie zufrieden ist.

Wenn sie es wirklich auf dich abgesehen hat, sagte Ruth, wenn sie dich will, wird sie niemals zufrieden sein, das ist dir hoffentlich klar?

Wenn erst etwas Gras über die Sache gewachsen ist ... Claire ist gerade mal acht Wochen tot, das ist keine Zeit. Dann kann ich sie immer noch loswerden.

Du hast dich nicht verändert, Simon.

Acht Wochen, dachte er, und meine ganze Welt ist aus den Fugen.

Und du, Ruth, bist du glücklich?

Warum nimmst du dir nicht zwei Wochen frei? Mach deine Praxis zu, fahr nach Wien zum Beispiel.

Simon starrte auf die Neige in seinem Glas, auf die rotblauen Ränder. Weißt du noch, sagte er, der Prater im Spätherbst? Die alten Fahrwerke, wie aus einer anderen Zeit. Das abnehmende Licht und die Verlassenheit, nur das heimliche Leben hinter den Bretterbuden. So fühle ich mich.

Und der Einfall der Saatkrähen im Winter, sagte Ruth. Überall schwarze Vögel. Wien wird immer deine Stadt bleiben. Die Stadt der Schwermütigen.

Und dabei bitterbös. Gehn wir Tauben vergiften im Park. So schön bös. Der Tod, das muss ein Wiener sein. Manchmal sehne ich mich jetzt tatsächlich nach daheim.

Du solltest etwas tun gegen deine Rabenvögel, sagte Ruth. Wann wirst du endlich erwachsen?

32

Alles dunkel. Wo er sich wieder herumtreibt, mein Vögelchen. Immer ausgeflogen. Schon wieder nicht zuhause. Aber jetzt frisst er mir schon fast aus der Hand, dachte Helen.

Sie wusste wieder, an wen diese Frau auf dem Foto sie erinnerte. Und wenn sie nicht Simons Tochter war, was vom Alter her hätte sein können, durchaus, wer war sie dann? Helen versuchte, sich das Bild noch einmal ins Gedächtnis zu rufen, dunkelbraune lange Haare, Sommersprossen auf leicht getönter Haut, jung, natürlich. Vermutlich ungeschminkt. Einen schönen Hals hatte sie, so wie sie selbst, eines ihrer wenigen schmeichelnden Attribute, und einen leicht schiefen Schneidezahn. Und plötzlich ahnte Helen, wie alles zusammenhing. Eine Kette, sie hatte eine Kette getragen. Nein, das war keine Patientin, zumindest war sie mehr als das. Helen sprang herunter vom Fenstersims, auf dem

Friesenplatz unten würde sich sowieso nichts mehr abspielen heute, das wurde ihr schlagartig klar.

Ihre Lieblingsstrickjacke lag im Wohnzimmer, sie hatte sie achtlos über einen Sessel geworfen. Seit es wärmer geworden war, hatte sie sie nicht mehr angehabt. Jetzt durchforstete sie die Taschen der Jacke, und tatsächlich, da war er noch, dieser kleine Stein, glatt und griffig. Sie hatte ihn fast vergessen, obwohl sie ihn immer wieder zwischen den Fingern gerollt hatte, ein kleiner Talisman, an dem sie sich festhielt, wenn sie nervös war oder nachdachte, wenn sie auf einer ihrer Missionen unterwegs war und zu lange sich nichts tat. In der Praxis, wenn sie auf Simon wartete, ein schon mechanisch gewordener Griff in die Jackentasche, so selbstverständlich, dass sie ihn nicht einmal mehr wahrnahm. Seit es wärmer geworden war, hatte sie ihn einfach vergessen. Jetzt musterte sie den kleinen Stein in ihrem Handteller, bernsteinfarben wie die Augen der Frau auf dem Foto. Sie hatte Geschmack, dachte Helen, ein Farbton, der ihr sicher stand wie kein anderer, die Farbe ihrer Augen, etwas dunkler vielleicht, aber derselbe Ton.

Helen öffnete das Fenster. Es roch nach Frühling und Neuanfang.

Erst gestern hatte sie ein langes Gespräch mit Frau Gerber gehabt. Sie hatte Helen nahegelegt, sich Hilfe zu suchen. Natürlich hatte Helen sich immer noch nicht bei Jaspers Mutter entschuldigt. Eine solche Demütigung. Sie würde sich weigern, das zu tun. Stattdessen würde sie ihren Hausarzt aufsuchen, der würde sie sofort krankschreiben. Schließlich war sie in therapeutischer Behandlung, ein Anruf bei Simon genügte, ein kleines Gutachten würde sie ihm jederzeit abringen, wenn es sein musste. Aber wahrscheinlich war das noch nicht einmal nötig, in Zeiten der zunehmenden Erschöpfung aller Arbeitnehmer, in denen selbst ernannte und zertifizierte »Coaches« aus dem Boden sprossen wie Pilze, in Zeiten allgegenwärtiger Stressbewältigungsstrategien und Burn-out-Diagnosen, die Schlagworte des neuen Jahrtausends. Warum sollte nicht auch Helen davon profitieren?

Diese Frau auf dem Foto. Sie musste wissen, wer sie war. Unbedingt. Es war die Frau vor seiner Praxistür, so viel war klar. Beim Verlassen des Hauses hatte sie sich einmal kurz umgedreht, Helen hatte ihren Rücken gesehen und ihr Profil, ganz kurz nur, aber es hatte gereicht. Aber wer sie wirklich war, das galt es herauszufinden.

Helen ging zurück ins Schlafzimmer. Unter ihrer Matratze zog sie das Notizbuch hervor, das sie in Simons Wohnung gefunden hatte. Claires Notizbuch. Bisher hatte sie sich davor gescheut, es durchzublättern, warum auch immer. Aus Respekt vor der Toten, vielleicht, schließlich war sie, Helen, keine Verbrecherin. Sie gehörte nicht zu jenen Frauen, die vor keiner Indiskretion zurückschreckten. Vielleicht auch hatte sie Angst vor dem, was sie dort finden würde, vor dem Ausmaß einer Intimität, deren Zeugin sie plötzlich werden könnte, sie, die sich jeden Zentimeter ihrer Nähe zu Simon so mühsam erkämpfen musste. Aber es musste sein, das wusste sie. Sie fuhr vorsichtig mit den Fingern über den Einband. Eine der letzten Bastionen, die sie zu nehmen hatte, um zu ihrem Ziel zu gelangen. Sie konnte es sich nicht ersparen, auch nicht der Toten. Und Simon schon gar nicht.

Als Helen das Notizbuch öffnete, fiel ein zerknitterter Zettel heraus, darauf standen, hingekritzelt in hastiger Handschrift, eine Telefonnummer und die Buchstaben VIC, Virus in Company, Vorgebirgstraße. Als sie weiterblätterte, zwei auf Normalpapier ausgedruckte Fotos, auf die Größe des Büchleins zusammengefaltet, schlecht verpixelt, aber doch erkennbar, zwei Fotos, die sich ihr mitten ins Herz bohrten.

33

Ich hätte gern ein Notebook, sagte Helen.

Der junge Mann hinter der Servicetheke schüttelte freundlich den Kopf. Er hatte dichte blonde Haare, die zu allen Seiten hin wegstanden. Wie Pumuckl, dachte Helen.

Da sind Sie hier leider falsch, sagte er, wir reparieren nur.

Ach. Ich dachte, meine Freundin hätte ihren PC von hier, Sie hat mir Sie weiterempfohlen.

Vielleicht hatte sie ihren PC bei uns in Reparatur, das kann sein.

Sie heißt Claire. Claire Müller, vielleicht kennen Sie sie.

Claire Müller. Kenne ich nicht, das wüsste ich. Ich habe ein gutes Gedächtnis für Namen. Und Gesichter. Der junge Mann grinste breit. Sie zum Beispiel habe ich noch nie hier gesehen. Ihr Gesicht hätte ich mir gemerkt. Sind Ihre Haare echt? Geile Farbe.

Helen versuchte, sich ihr eigenes Spiegelbild aufzurufen, den wasserstoffblonden Schopf mit den grünblauen Augen. Wollen Sie mal fühlen?, fragte sie.

Lieber nicht, da wäre meine Freundin wohl kaum mit einverstanden. Die kann jeden Moment hier hereinschneien. Sie kommt oft am Freitagnachmittag vorbei, vor ihrer Schicht im Stadtgarten. Also wenn ihr die Zeit noch reicht. Wir sind noch nicht wirklich zusammen … Er lächelte verschämt. Lieber kein Risiko. Aber Ihre Haare sind cool. Er streckte Helen die Hand hin. Basti, sagte er. Meinetwegen können wir uns duzen.

Helen war erstaunt, wie leicht ihr das Flirten plötzlich fiel, auf einmal wurde sie wahrgenommen, sogar von einem so coolen jungen Mann, der bestimmt viele Verehrerinnen hatte. Ihre neue Wirkung, das musste

Simons Werk sein. Er hatte sie herausgelockt aus ihrer Verpuppung, ihre verborgenen Reize zum Leben erweckt. Als würde sie mit einem Mal aufrecht stehen. Danke, sagte sie. Helen. Deine Freundin kellnert?

Ja, unter anderem. Sie studiert. Jura.

Dann ist sie sicherlich eine ganz Kluge.

Helen spürte, wie ihr gerade entdecktes Selbstbewusstsein augenblicklich einen Riss bekam. Mein Freund ist Analytiker, sagte sie. Psychoarzt.

Wow. Interessant.

In gewisser Weise bin ich ja auch ein Arzt, sagte Basti. Mit Viren jedenfalls kenn ich mich aus. Er lachte. Operationen am offenen Herzen sozusagen … wenn die Festplatte das Herz des Computers ist. Wohl eher das Hirn. Er tätschelte eines der herumstehenden Gehäuse. Aber jetzt muss ich noch ein bisschen was arbeiten. Falls Anna doch gleich hier aufkreuzt. Ich würd's mal am Ring probieren, da hast du einen PC-Laden am andern.

Warte, vielleicht kennst du ja meinen Freund. Er war mal mit Claire zusammen, vor mir. Helen kramte eines der Fotos aus ihrer Gummitasche.

Du meinst die, die mich empfohlen hat?

Genau. Er heißt Simon, und mit Nachnamen Prohaska, vielleicht kannst du dich ja an ihn erinnern.

Der Name sagt mir was, der war schon mal hier.

Helen faltete das Blatt auseinander und schob ihm das Foto über den Ladentisch.

Aber das ist doch, der junge Mann riss entsetzt die

Augen auf. Wieso zeigst du mir das, rief er. Woher hast du das Bild?

Von Claire.

Aber das ist nicht Claire, protestierte er. Das ist Anna. Meine Freundin. Er schüttelte geknickt den Kopf. Meine Freundin mit deinem Analytiker-Fuzzi. Was soll das?

Claire ist tot, sagte Helen.

Als die Ladenglocke ertönte, griff sie rasch nach dem Foto und stopfte es zurück in ihre Tasche. Wir reden ein andermal, sagte sie und eilte zur Tür. Danke für deine Hilfe. Im Türrahmen stand Anna.

34

Anna. Jetzt hatte sie ihn. Wer nicht hören will, muss fühlen, dachte sie. Helen stand im Badezimmer und spuckte auf den Spiegel. Gerade hatte sie angefangen, sich schön zu finden, wenigstens ein bisschen, da kam diese Anna daher, und alles war vorbei. Sie griff nach der Nagelschere und stieß sie sich in den Oberschenkel, sie presste die Lippen aufeinander, bis sie weiß wurden. Einundzwanzig, zweiundzwanzig, ab, so zählten die Schauspieler, bevor sie die Bühne verließen, das hatte ihr Tom einmal gesagt, als sie sich wieder besonders dumm angestellt hatte, vor ihrem kleinen Auftritt beim Abschlussball der Realschule. Schon bei ihrem Probevortrag hatte sie gezittert wie Espenlaub. Du musst dir

Zeit lassen, hatte er gesagt, bevor du abgehst. Einundzwanzig, zweiundzwanzig, eine kurze Verbeugung, dann ab. Sie hätte diese kleine Rede niemals übernehmen dürfen, damals, aber sie hatte auch einmal jemand sein wollen, ein einziges Mal. Wenigstens einmal etwas tun wollen, was ihrem Vater Anlass gegeben hätte, stolz auf sie zu sein. Natürlich hatte sie auch das vermasselt. Sie hatte viel zu leise gesprochen und sich zweimal verhaspelt und auch nicht gewartet, am Ende. Einundzwanzig, zweiundzwanzig, ab.

Der Schmerz kam wie eine Befreiung. Blut lief an ihrem Schenkel hinunter auf den Fliesenboden. Dann führte sie sich die Schere an den Hals, ein kurzer Stoß nur, sie hatte Angst eine Ader zu treffen. Mein Schwanenhals, dachte sie, nicht einmal der gehört mir allein, und sie dachte an das Foto in Simons Praxis. Das Blut schlängelte sich den Hals hinab und sammelte sich in der kleinen Bucht zwischen ihren Brüsten. Dann waren die Haare dran, wild schnitt sie daran herum, die Nagelschere tanzte unter ihren Händen, während ihre Haarpracht in Flöckchen zu Boden fiel. Wie von Ratten zerfressen, dachte sie. Sie warf die Schere ins Waschbecken, und so stand sie dann, einundzwanzig, zweiundzwanzig, ab. Aber sie konnte nicht abgehen, sie stand wie gelähmt.

Komm, hatte Tom gesagt, mach dir nichts draus, und sie in den Arm genommen, meine kleine Schwester, und ihr eine Strähne aus dem Gesicht gestrichen. Es gibt wichtigere Dinge im Leben. Helen hatte gezittert und das Klopfen ihres Herzens gespürt, gegen seine kräftige Brust. Und du hast so schön ausgesehen in deinem Ballkleid, hatte er ihr ins Ohr geflüstert, wie Cinderella. Die ganze Rückfahrt über hatte sie ihren Kopf an seine Schultern gelegt, während der Wagen über die Landstraßen nachhause raste, mit dem Vater am Steuer und einer schweigenden Mutter auf dem Beifahrersitz.

Immerhin hat sie jetzt einen Abschluss in der Tasche, hatte ihr Vater gesagt.

Wie Cinderella. Das Aschenbrödel. Wie hatte sie diesen Kinderfilm geliebt, drei Nüsse für Aschenbrödel, der jedes Jahr an Weihnachten ausgestrahlt wurde, auf allen Kanälen. Immer wieder hatte sie ihn sich angesehen und dabei etliche Tränen vergossen, ganz diffuse Tränen, weil sie sich niemals sicher war, ob sie nun aus Freude weinte oder aus Schmerz. Sie hatte keine Eule gehabt, die ihr den Weg wies ins Glück, auch keine Mutter, die ihn voranschritt. Nur einen Vater, der sie verachtete und einen Bruder, der sich aus ihrem Leben stahl, als sie gerade damit angefangen hatte, sich zu erfinden. Aus die Maus.

Helen stellte sich nackt ans Fenster. Der Friesenplatz lag in der Dämmerung, und wie gewohnt beobachtete sie nichts als das rastlose Treiben der Großstädter. Vom

Badezimmer zog sich ihre Spur bis ins Schlafzimmer, kleine Blutstropfen, die in dem hellgrauen Veloursteppich versickerten. Ruckedigu, Blut ist im Schuh. Wie kann man sich nur einen Teppich ins Schlafzimmer legen, hatte Robert gesagt, so einen Staubfänger. Dieser ziehende Schmerz an Hals und Oberschenkel. Helen presste die Lippen aufeinander. Aber all das war nichts gegen diese Kälte, die sie von innen ergriff, ganz plötzlich, und sie schüttelte. Ob Simon zuhause war? Licht brannte keines.

Nach ihrem überstürzten Aufbruch aus dem PC-Laden hatte sie an der Ecke gewartet, es hatte nicht lange gedauert, bis Bastis Freundin wieder herausgekommen war. Anna. Sie hatte erregt gewirkt und beunruhigt und war hastig davongeeilt, als müsste sie rasch noch die Ringlinie kriegen.

Dann war Helen zurück in den Laden gegangen. Sie hatte Basti alles gesagt, was er wissen musste. Fast hatte er ihr leidgetan, all die Wut und Verzweiflung, oh ja, sie wusste, wie sich das anfühlte. Simon sei ein wunderbarer Mann, hatte sie ihm gesagt, aber leider sehr anfällig. Und doch liebe er sie, nur sie, auch wenn er immer wieder nach anderen Frauen schiele und auch vor Patientinnen nicht Halt mache. Auch ein Analytiker habe seine Schwächen und ihr Simon eben eine Schwäche für schöne Frauen. Kein Wunder, wenn sie reihenweise bei ihm auf der Couch lagen und sich nackt machten, sie meine seelisch, sagte sie, und er seine dunklen Augen auf ihnen ruhen ließ, sie abtastete mit seinen Blicken und ihr Innerstes aufspürte. Er, Basti, dürfe es als Kompliment ansehen, dass seine Anna einem wie Simon gefalle. Und nicht traurig sein.

Ob der etwa mit seinen Patientinnen schlafe?

Vielleicht, hatte Helen gesagt, wer weiß, die Wege ihres Freundes seien unergründlich. Wie die Seele. Jedenfalls sei Claire seine Patientin gewesen, bevor er sie geheiratet habe.

Der arme Junge, dachte sie, er war völlig niederschmettert.

Helen ging zurück ins Badezimmer, dabei verband sie die Blutstropfen auf ihrem Teppich zu einem imaginären Seil und balancierte, Tropfen für Tropfen. Er liebt mich, er liebt mich nicht, fein säuberlich, ein Fuß vor den anderen, nur nicht das Gleichgewicht verlieren. Oh ja, Helen wusste, wovon sie sprach. Claire hatte alles festgehalten in dem kleinen Notizbuch, jedenfalls genug, um sie, Helen, ausreichend ins Bild zu setzen. 20. Mai, Hochzeitstag. 23. Oktober, Tag der Initiation, wie Claire es vermerkt hatte, in ihrer fein ziselierten Schrift, das musste der Tag gewesen sein, vor vielen Jahren, als sie zum ersten Mal mit Simon schlief. Kurz darauf hatte er die Behandlung mit ihr abgebrochen. Wegen Befangenheit. Und sie ein paar Monate später geheiratet. Helen kicherte in den Badezimmerspiegel, das Gesicht mit der Rattenfrisur kicherte zurück. Wegen Befangenheit, Frau Winter, sie schürzte die Lippen zu einer Schnute. Wegen Befangenheit, Frau Winter, Frau Müller, kann ich Sie leider nicht weiter therapieren. Aber, zwitscherte Helen in den Spiegel, ich kann Sie vögeln und heiraten.

Dieser Basti, dachte sie, würde auch noch darauf kommen, wem man vertrauen konnte und wem nicht.

35

Der Absturz meiner Angehörigen in den Bergen, Sie meinen also, ich hätte deshalb gefragt? Das klingt plausibel, nicht wahr? Aber da muss ich Sie leider enttäuschen, Herr Prohaska. Ich habe nicht deshalb gefragt. Das habe ich längst verdaut. Ich kann mir vorstellen, wie sie dort unten ankamen, so ist das nun mal, wenn man auf Felsen aufschlägt. Dazu brauche ich keinen Arzt. Wahrscheinlich mussten sie die Leichen in Einzelteilen einsammeln. Jedenfalls haben sie sich damals geweigert, die Toten auszustellen. Deckel zu und fertig. Ich hätte sie gerne noch einmal gesehen, glauben Sie mir, alle beide. Helens Lider zuckten. Mich von ihnen verabschiedet. Selbst meinen Vater hätte ich sehen wollen, ein letztes Mal. Vielleicht hätte ich ihm verziehen.

Was ist mit Ihrem Hals passiert, Helen?

Ein kleiner Betriebsunfall, sagte sie, mehr nicht. Sie können mir ja die Wunden lecken, wenn Sie mögen.

Simon starrte auf das Pflaster an ihrem Hals. Und was hatte sie nur mit ihren Haaren gemacht, diese Patientin war völlig durchgeknallt.

Ich mache Ihnen einen Vorschlag, Helen. Auch eine Form des Wundenleckens, wenn Sie so wollen. Ich schlage Ihnen eine Psychoanalyse vor. Damit kommen wir tiefer an die Ursachen Ihrer Ängste, dringen zum Kern Ihrer Probleme vor.

Was heißt das?

Sie legen sich hier auf das Sofa, ganz entspannt, und Sie sehen mich nicht. Ich sitze am Kopfende und höre Ihnen zu, Sie reden im freien Fluss Ihrer Gedanken.

Und Sie selbst sagen nichts?

Ich gebe allenfalls Impulse, wenn nötig. Sie werden sehen, wie effektiv diese Methode ist. Sie werden Ihren Assoziationen nachgeben und sich freisprechen, Sie werden sich fühlen wie im freien Fall, ich meine, wie an einem Bungeeseil, und ich, ich halte Sie fest.

Niemals. Ich möchte Sie ansehen, wenn ich mit Ihnen spreche.

Sie werden meine Anwesenheit spüren, Helen, wie ein unsichtbares Band. In einem solchen Setting gehen der Therapeut und der Patient eine besonders intensive Verbindung ein, die fast ohne Dialog auskommt, Sie werden sehen, eine fast magische Verbindung, wenn Sie sich erst einmal darauf einlassen. Und Sie werden überrascht sein, was diese Energie in Ihnen freisetzt.

Hatte er sich zu weit nach vorne gewagt, eine magische Verbindung, das musste in Helens Ohren klingen wie ein Aufruf zum Beischlaf. Es war Ruths Idee gewesen, ihr wenigstens eine Analyse vorzuschlagen. Er würde sie einfach reden lassen und sie würde ihm nicht mehr zu nahe treten mit ihren unerquicklichen Fragen und Erwartungen.

Er spürte, wie Helen sich verkrampfte. Sie riss sich das Pflaster vom Hals. Die Wunde war wüst anzuschauen. Akte der Selbstverletzung, also doch, dachte Simon. Unter anderen Umständen hätte er sich einer Supervision unterzogen, auch das ein Vorschlag von Ruth. Aber was wusste Ruth schon von den wahren Umständen? Helen war eine Zeitbombe, die jederzeit mit dem Schlimmsten herauszuplatzen drohte, das spürte er. Wenn er diese Patientin jetzt fallen ließ, hatte sie ihn für immer in der Hand.

Niemals, protestierte Helen, ihre Augen blitzten. Dann lächelte sie unvermittelt, so plötzlich und süß, dass Simon instinktiv den Kopf abdrehte, als wäre etwas vorgefallen hinter seinem Rücken, was seiner Aufmerksamkeit entgangen war. Vielleicht die Aldi-Tüte im Baum, eine verirrte Amsel? Die Balkontür hinter ihm war geschlossen, ihm fiel nichts Besonderes auf.

Nicht Sie haben mich unter Kontrolle, sagte Helen, als hätte sie seine Absichten erraten, sondern ich habe Sie in der Hand. Simon. Ich werde niemals eine Analyse machen, mich vor Ihnen auf die Couch legen und mich ausliefern, während Sie am Kopfende gähnen oder an

Ihr Feierabendbier denken und so tun, als hörten Sie mir zu. Oder, im besten Falle, sich ausmalen, wie es wäre, mir unter den Rock zu fassen und die Bluse aufzuknöpfen und mich langsam zu entblättern. Dieser Freud war ein Lüstling, und Sie, Simon, sind es auch.

Und was schlagen Sie selbst vor, Helen? Sagen Sie mir einfach einmal, was Sie sich von Ihrer Therapie erwarten?

Plötzlich hatte er das unerklärliche Bedürfnis, Sie an Ihren mageren Schultern zu packen und auf den Balkon zu schieben, hinaus ins Freie, das Zwitschern der Vögel und der modrige Geruch alter Mauern, schau her, Mädel, das Leben ist voller Wunder, schau her, und voller Abgründe. Sie bis an die Brüstung zu schieben, schau her, wie tief das ist, nur ein falscher Schritt … Das Letzte, was das Herz vermag, ist, es stürbe gern … Wo hatte er diesen Satz noch einmal gelesen? Er erinnerte sich nicht. Und im selben Moment wusste er, wie gefährlich dieser Gedanke war. Er kannte diese Art von Patientinnen, so jung noch und so kaputt, sie mochten ihr Leben nicht im Griff haben und zerbrechlich wirken und flirrend wie ein Insektenflügel, aber wenn sie etwas beherrschten, dann die Kunst der Manipulation.

Kennen Sie den kleinen PC-Laden in der Vorgebirgstraße?, fragte Helen.

Simon sah irritiert auf. Ja. Und?

Das Bild Ihrer schönen Freundin, Sie haben es weggestellt, warum? Es stand immer dort auf dem Schreibtisch. Neben dem Bild Ihrer Frau.

Was, Frau Winter, Helen, wollen Sie eigentlich von mir?

Ich will, dass du mich küsst, wie du Anna geküsst hast. Und wie du Claire geküsst hast.

36

Die Bar im Friesenviertel war noch geöffnet, als er gegen drei Uhr früh dort hineinstolperte. An der Theke saß die Frau mit den schlecht gemachten Zähnen und der zu eng sitzenden Bluse, da is er ja wieder, empfing sie ihn, der einsame Wolf von neulich. Sie sind kein Kölscher Jung, wa?

Woran erkennen Sie das?

Das seh ich an Ihren roten Ohrläppchen und wie Sie hier reinkommen, sie lachte. Sie sind keiner, der gern einen feiert. Wenn Sie sich hier reinverirren, dann ist Ihnen eine Laus über die Leber gelaufen. Rudi, mach dem Herrn mal ein Kölsch. Sie gab dem Barmann ein Zeichen.

Simon hatte eine unsägliche Lust sich zu betrinken. Er war so müde, dass ihm die Beine wegknickten, und er war froh, endlich auf diesem Barhocker zu sitzen, der ihm Halt gab und das Gefühl den Überblick zu bewahren, trotz allem. Er legte den Kopf in den Nacken und leerte das Glas, ohne es abzusetzen. Mir ist nicht nach reden, sagte er.

Rita, ich bin Rita.

Simon nickte.

Aber vielleicht ist Ihnen ja nach ein bisschen was Warmem?

Nein danke, bloß nicht, davon hab ich genug.

Da könnt ich ganz neidisch werden.

Simon winkte dem Barmann zu, noch eins, sagte er und schwenkte sein leeres Glas in der Luft. Von den Wänden lächelten Muhammad Ali und Max Schmeling, ihre Muckis glänzten im Schummerlicht.

Dann haben Sie bestimmt einen Kummer gehabt. Rita rückte mit ihrem Barhocker etwas näher. Simon reagierte nicht.

Als mein Detlef mit der Susi durchbrannte, flüsterte sie ihm ins Ohr, hab ich nächtelang geflennt. Ihr Bieratem ekelte Simon an. Und jetzt kannste sehn, sagte sie laut, wie Phönix aus der Asche bin ich wieder aufgestanden. Aber schön ist das auch nicht. Jede Nacht hier und sich einen trinken, weil das Bett daheim leer ist und kalt. Aber wo soll ich schon hin nach der Schicht?

Tut mir leid, Rita.

Simon legte einen Schein auf den Tresen. Mach es gut, sagte er und verließ die Bar, so plötzlich, wie er gekommen war.

Schade, rief ihm Rita noch hinterher. Und gute Nacht auch.

Das ist auch keine Lösung, dachte er.

Im Freien trat er einen Moment lang unentschieden von einem Fuß auf den anderen. Die Luft roch nach Regen, die Straßen glänzten. Nur bei ihm selbst wollte sich ein Gefühl der Reinigung nicht einstellen. Er roch seinen eigenen Bieratem. Er spürte, wie er schwankte. Am Ring wollte er abdrehen Richtung Christophstraße, dann besann er sich und ging entschlossen geradeaus weiter zum Friesenplatz. Seit Wochen wurde er das Gefühl nicht los, dass er heimlich beobachtet wurde, dass Helen ihn beobachtete, wer sonst. Und ein paar Mal war sie plötzlich irgendwo aufgetaucht, in angemessener Entfernung zwar, aber dennoch zu erkennen, die hellblonden Haare, die knabenhafte Haltung, unverkennbar, die etwas hölzernen Bewegungen. Jedes Mal war sie ein paar Schritte auf ihn zugegangen und dann stehen geblieben, ganz abrupt, aber ohne den Blick von ihm abzulassen, diesen taxierenden Blick, den er aus den Augenwinkeln wahrnahm, mit zunehmender Anspannung in seinem Rücken, den er geradezu körperlich spürte. Er tat dann so, als bemerkte er sie nicht, er sah bewusst in eine andere Richtung, geradeaus, als ginge er unbekümmert seinen Weg. Aber innerlich war er wie erstarrt, und es kostete ihn Mühe, einfach weiterzugehen, die Fassade der Unbekümmertheit aufrechtzuerhalten, dem Hundeführer zuzunicken, zum Beispiel, und ihm einen schönen Abend zu wünschen, in einer Menschenmenge zu verschwinden, ohne sich noch einmal umzudrehen. Bisher hatte Helen darauf verzichtet, ihm hinterherzugehen und es dabei belassen, sich ihm zu zeigen, als wäre sie ein Teil seines Stadtbildes, am Büdchen am Neusser Platz, zum Beispiel, auf einer der Bänke auf dem Grünstreifen vor der Praxis, auf dem gegenüberliegenden Bahnsteig der Ringlinie, die er manchmal nahm. Als hätte sie seine Gewohnheiten längst verinnerlicht und wüsste genau, wann sie wo auf ihn träfe. Ein kurzes Auftreten, ein sich in Erinnerung Rufen, so kam es ihm vor, hier bin ich, hier werd ich sein, eine kurze Demonstration ihrer Macht, ich sehe dich, Simon, wo auch immer du bist, wo auch immer du sein wirst. Und lange noch spürte er ihren Blick im Rücken.

Seit Claires Tod hatte er es sich angewöhnt, in der Praxis zu schlafen. Eine kleine Küche gab es dort, sogar eine Dusche hatte er sich einbauen lassen, vor Jahren schon, ein Workaholic, wie er war. Und weil er schon immer seinen Rückzugsraum brauchte, wenn ihm die Ehe zu eng wurde. Seit der letzten Sitzung mit Helen war dieser Ort nun unbrauchbar geworden. Auf einmal fühlte er sich am sichersten daheim, der einzig sichere Ort, vielleicht, der ihm geblieben war. Er würde sich damit abfinden müssen, wieder in seiner Wohnung zu schlafen, in seinem bedrohlich gewordenen Heim, so wohlig und warm einst, zu kuschelig fast, für seine Begriffe. Sonst wäre er ihm nicht dauernd entflohen. Aber dennoch sein Nest, dachte er, das er geteilt hatte mit Claire, durch alle Höhen und Tiefen. Mit der Frau, der er so nahe gewesen war wie kaum einem Menschen. Und die jetzt nicht mehr lebte. Er würde die Erinnerungen aushalten müssen, das wusste er. Flucht war niemals eine Lösung. Fast verachtete er sich für diesen Gedanken, was für eine banale Erkenntnis, dachte er. Er, Dr. Simon Prohaska, hatte keinen besseren Gedanken als diesen Gemeinplatz. Der großartige Therapeut, der nichts Geringeres zu verlieren hatte als seinen Ruf, der ihm vorauseilte, seinen Ruf und seine Ehre, aber vor allem, was noch viel schlimmer war, seine Selbstachtung.

Die Stadt war menschenleer um diese Zeit, es war mitten in der Nacht. Simon zögerte. Dann drehte er sich noch einmal um. Er ließ seinen Blick über den Platz schweifen, zu den angrenzenden Straßen. Limburger Straße, Brabanter Straße, die Venloer Straße stadtauswärts. Er war fast daheim.

37

Auf dem Klingelbrett stand noch immer Claires Name, Müller-Prohaska stand dort, er fühlte einen heftigen Schmerz in seinem Brustkorb und hatte das Gefühl sich übergeben zu müssen. Wie ein gehetztes Tier, dachte er, als er die Terrazzostufen nach oben stieg, er hatte keine Lust den Fahrstuhl zu nehmen, trotz seiner Trunkenheit. Er musste sich am Geländer festhalten.

Vor der Tür des Nachbarn die Gummistiefelchen der Kinder, alles wie immer, als wäre all das nicht geschehen, dachte er. Die beiden Kinder mit ihren aufrichtigen Blicken, so ernsthaft manchmal, wenn sie zu ihm aufschauten unter ihren struppigen Haaren, wenn er ihnen im Treppenhaus begegnete. Er sah sie vor sich, wie sie die Stufen hinunterstolperten, wie sie sich freuten auf die kleinen Abenteuer, die der Tag ihnen zu bieten hatte, Schaukeln und Rad fahren, vielleicht mal ein Ausflug in den Zoo. Warum eigentlich hatte er selbst nie Kinder gewollt? Er steckte ihnen gerne etwas zu, ein Bonbon oder einen schönen Stein, einen Kaugummi. Er hörte sich ihre Geschichten an, von dem Regenwurm, der aus dem Sandkasten gekrochen war oder dem Eis mit der blauen Farbe. Simon mochte Kinder. Aber eigene Kinder waren für ihn nie eine Option gewesen, auch wenn Claire ihm damit beständig in den Ohren lag. Zu sehr blockierte ihn die Erinnerung an seine eigene, insgesamt freudlose Kindheit. Aber wer weiß, dachte er, vielleicht hätte er sich eines Tages erweichen lassen, wenn nicht … Ja. Wenn nicht. Claire war tot. Unwiederbringlich.

Simon pfriemelte die letzten Reste des Aufklebers von der Tür, den die Spurensicherung dort angebracht hatte. Schon am selben Abend hatten sie die Wohnung wieder freigegeben.

Er überlegte, wann er zuletzt hier gewesen war. Zwei Tage nach dem Unglück, und dann noch einige Male, um sich ein paar Sachen zu holen, Wäsche, ein paar Bücher, die er dann doch nicht las. Zu weit weg war er mit seinen Gedanken, fernab jeglicher Fiktion. Wo doch seine eigene Gegenwart gerade jede Fiktion in den Schatten stellte. Seinen Whisky hatte er sich geholt, den, den er zu ganz besonderen Anlässen trank. Die Flasche war so gut wie leer inzwischen. Seit Claires Tod hatte er die Wohnung gemieden wie den vierteljährlichen Stammtisch seiner Analytikerkollegen. Wie den Friedhof. Und wie Anna. Seit er wusste, dass ein Geheimnis zwischen ihnen lag, hatte er auch Anna gemieden. Die Sehnsucht nach Anna, die ihn umgetrieben hatte, dieses letzte halbe Jahr vor Claires Tod, auf einmal schien sie ihm ganz weit weg. In der Nacht nach dem Unglück war sie ein letztes Mal aufgeflackert, so heftig wie lange nicht, er hatte sie aufsuchen müssen, mitten in der Nacht, er musste sie sehen. Oder war es die Angst gewesen, die ihn trieb? Er dachte an seinen sinnlosen Gang zum Stadtgarten nach Claires Sturz, an sein zielloses Umherirren, bis er vor ihrer Türe stand, dann doch, und sie ihn halbherzig einließ. Kurz darauf hatte sie ihn wieder fortgeschickt. Er müsse sich den Fragen stellen, hatte sie gesagt. Seitdem war sie ihm wie entglitten. Und trotzdem hatte er Angst, Anna zu verlieren. Eines Tages, so hoffte er, würden sie diese ganze Geschichte hinter sich lassen. Wenn erst Helen aus dem Spiel wäre … Und dann, vielleicht, würden sie zurückfinden in das alte Begehren, er und Anna. Und dann wären sie vielleicht bereit, miteinander zu reden, dachte er, darüber, wie es ihnen wirklich ergangen war in jener todschwarzen Nacht.

Die Tür fiel auf und Simon stolperte in die Wohnung. Er schaltete das Flurlicht an. Aufgeräumt hatte er immer noch nicht. Die Betten im Schlafzimmer waren zerwühlt, wie er sie in jener Nacht zurückgelassen hatte. Er watete durch die Kleiderhaufen auf dem Boden. Claires Pyjama, er nahm ihn auf und roch daran. Die Erkenntnis traf ihn so unvermittelt, dass er ins Wanken geriet. Helen, sie benutzte dasselbe Parfum wie seine Frau. Simon zog die Jalousien hoch, obwohl es draußen noch finster war. Das Schlafzimmer ging nach hinten hinaus auf den Hof, und dieser war nicht beleuchtet. Nur der Mond warf ein milchiges Licht auf die Szenerie der Verwüstung. Die Wäscheschublade war aufgezogen, als hätte sie hastig etwas darin gesucht. Unmöglich konnte er sich jetzt in dieses Bett legen, er würde Ruth bitten, die Wohnung mit ihm aufzuräumen, Claires Sachen durchzusehen und zu entsorgen. Augenblicklich verwarf er den Gedanken. Das wäre geschmacklos. Er selbst musste sich der Loslösung stellen.

Auf dem kleinen Servierwagen im Wohnzimmer suchte er nach einem Drink und goss sich ein Glas Whisky ein. Nahezu gespenstisch, das alles, dachte er. Er spürte Claires Anwesenheit in jedem Winkel und ihr letzter gemeinsamer Abend spielte sich vor seinen Augen ab wie ein unwirklicher Film. Die Fotos, der

Streit, Claires zunehmende Hysterie. Was nur mit ihren Schlüsseln passiert war? Das war in der Tat mysteriös. Er dachte an Hitchcock, Fenster zum Hof, und er fühlte sich selbst als Akteur in einem beklemmenden Thriller. Es war furchtbar hier in der Wohnung, und doch, hier konnte er sich einigermaßen sicher fühlen. Sicher vor Helen. Woher nur wusste Helen all diese Dinge und Details? Und wenn sie auch diesen Unterschlupf längst kannte? Und plötzlich dachte er wieder an ihren Anruf, er war ihm gleich komisch vorgekommen. Woher hatte sie seine Nummer gehabt, und wie kam es, dass sie ihn überhaupt daheim angetroffen hatte? So selten, wie er seit Claires Tod zuhause war. Er wagte kaum, diesen Gedanken zu Ende zu denken. Wenn sie ihn längst ausspioniert hatte? Vielleicht hatte sie das Licht in der Wohnung gesehen. Wer war diese Helen wirklich? Auf dem Anmeldebogen hatte sie die Lütticher Straße als Adresse angegeben, er hatte sich noch gewundert, dass eine wie Helen dort wohnte. Er hätte nicht gedacht, dass sie sich mit ihrem Erzieherinnengehalt diese Vorzugslage leisten konnte. Aber er hatte es schon oft erlebt, dass solche Eindrücke trogen. Sie war also ganz in der Nähe. Lieber wäre es ihm, sie wäre weit abgeschlagen, am besten irgendwo auf dem Mars, ganz weit weg, oder in einer anderen Stadt, wenigstens das, sodass sie ihn nicht mehr behelligen konnte mit ihren wahnhaften Ideen. Oder in der Psychiatrie, wo sie hingehörte. Er schämte sich für diesen Gedanken. Er, Simon, musste sie selbst in die Schranken weisen, ihr die Grenzen aufzeigen. Das konnte man von einem Analytiker erwarten. Er nahm sein Glas und stolperte hinaus auf den Balkon. Dabei stieß er gegen den Terrakottakübel links neben der Tür und beugte sich über die vertrockneten Blumen. Wie sollten sie auch überleben, dachte er, ohne die zärtliche Hand, die sie normalerweise pflegte. Claires Hand. Dann wunderte er sich, um wie viel heller es hier war, auf der anderen Seite der Wohnung, zum Friesenplatz hin. Er lehnte sich über die Brüstung. Die Streben waren bauchig geschwungen und schwarz gestrichen, unser Romeo-und-Julia-Balkon, wie Claire immer sagte. Nur dass mein Romeo lieber die Zeit in seiner Praxis verbringt, sagte sie, statt mir verliebte Blicke hinaufzuwerfen. Liebling, ich komme, ich eile. Weit gefehlt. Diese Zeiten waren längst vorbei.

Unten, am oberen Ende der Venloer Straße, spuckte ein Taxi ein paar Fahrgäste aus. Simon sah auf die Lichtvierecke in den Häusern gegenüber, ganz vereinzelt ein paar Fenster, hinter denen es offenbar Menschen gab wie ihn, Schlaflose, in der Nacht Verirrte, die sein Schicksal teilten, die womöglich wie er hinaus in die Wolken sahen, in den kohlendunklen Himmel mit dem trüben Mond. Wer weiß, woran Claire gedacht hatte, während sie hinunterfiel, oder kurz davor. Simon beugte sich noch tiefer über die Brüstung. Ob sie sich noch einmal drehte, vielleicht daran? Oder ob ihr Mantel sich aufblähte im freien Fall, bevor sie dort unten aufschlug, ganz offensichtlich mit den Füßen zuerst. Und was wusste Helen? In einem der Fenster gegenüber bewegte sich ein Vorhang, dann wurde es dunkel, ein Lichtviereck weniger, dachte Simon. Und wenn Helen eine von ihnen war? Wenn sie gar nicht dort wohnte, wo sie angegeben hatte zu wohnen, sondern in Wahrheit irgendwo hier, in der Nähe, hier gegenüber womöglich, hinter einem dieser Fenster, unbemerkt über all die Jahre, geschützt durch die Anonymität der Stadt. Was, wenn sie alles beobachtet hatte, in jener Nacht?

Und er spürte, wie ihm die Tränen kamen, wie lang hatte er schon nicht mehr geweint. Zuletzt, als seine Mutter gestorben war, das war vier Jahre her. Und er wusste bis heute nicht, ob er geweint hatte, weil er seine Mutter verloren hatte, sie, die schon verloren war, bevor sie ihn verließ, die sein ganzes Leben für ihn verloren war, niemals greifbar. Oder ob er geweint hatte im Bewusstsein ihrer existenziellen Einsamkeit und aus einem unerklärlichen Gefühl der Schuld.

Entschuldige, sagte er, während er sich mit dem Ärmel über die Wangen strich. Entschuldige, Claire.

Sobald es zu dämmern begann, machte er sich auf zum Melatenfriedhof. Sacer locus, stand dort. So heilig war der Ort, dass das Gittertor zwischen dem dicken Steinbogen noch geschlossen war, er hatte es nicht anders erwartet. Er kletterte über die angrenzende kleine Mauer und zwängte sich durchs Gebüsch. Niemand sonst, dachte er, an diesem heiligen Ort, nur die Seelen der Toten. Nicht einmal die Papageien, er suchte den Himmel ab, schaute in die Wipfel der Bäume, und ihm graute vor dem anbrechenden neuen Tag. Schon wieder ein Samstag, dachte er, schon wieder ein Tag ohne Arbeit und Ablenkung.

Das kleine Urnengrab sah gepflegt aus und frisch hergerichtet für den Frühling. Mit Primeln und Stiefmütterchen in blau-gelben Farben. Auf die Gärtnerei ist Verlass, dachte er. Er hatte erneut das Bedürfnis, sich bei Claire zu entschuldigen, diesmal für seine Unfähigkeit. Jemand hatte Schnittblumen auf das Grab gestellt, in einer kleinen, grünen Plastikvase, pinkfarbene Tulpen. Und ein weißes Grablicht. Jemand war ihm zuvorgekommen, dachte er, wie so oft, wenn er verdrängte, was zu tun war. Aber gestern Abend, da hatte er gehandelt, immerhin, dieses Mal hatte er sich nicht manipulieren lassen. Helen. Immer wieder Helen.

Ich will, dass du mich küsst, wie du Anna küsst. Und wie du Claire geküsst hast. Und dass du mich vögelst, wie du die anderen gevögelt hast. Er hatte Helen sofort aus seinem Sprechzimmer verwiesen. Mirjam, hatte er gerufen und dabei die Tür aufgehalten. Bitte streichen Sie die Patientin Winter aus der Kartei.

Entschuldige, sagte er noch einmal, er goss mit der Gießkanne über die kleine Fläche, über die Primeln und

Stiefmütterchen. Das Wasser versickerte langsam in der Erde.

Bitte verzeih mir.

38

Da war sie. Sie sah elegant aus mit der bodenlangen schwarzen Schürze. Wie sie das Tablett trug und mit federndem Gang durch die Reihen schritt, fast schwerelos, als ginge sie auf gepolsterten Sohlen. Helen spürte, wie Anna die Blicke der Männer auf sich zog und erwiderte, ein Lächeln, ein Stirnrunzeln, nur kleine Bewegungen, ihre Sommersprossen tanzten vor Helens Augen. Sie konnte ihren Blick nicht von ihr lassen. Helen saß in der Ecke am Fenster, es war noch zu kalt, um abends draußen zu sitzen und außerdem wollte sie etwas sehen. Sie nippte an einem Glas Pfefferminztee. Die Woche war lang gewesen, unerträglich lang. Sie hatte bis Freitag warten müssen, nicht die geringste Spur hatte sich aufgetan, zuvor, und Simon, wie vom Erdboden verschluckt. Wenn sie in der Praxis anrief, erreichte sie nur den Anrufbeantworter, auch am Friesenplatz tat sich nichts. Er musste verreist sein, oder bei Anna untergeschlüpft, ihre schlimmste Befürchtung, sie musste ihr folgen heute Nacht. Simon würde sein Verhalten büßen, das hatte sie sich geschworen. Aber der Druck war unerträglich, kaum auszuhalten. Eine ganze Woche ohne ein einziges Zeichen. Da war ihr das Treffen mit Frau

Gerber fast gelegen gekommen, eine willkommene Ablenkung. Dieses belanglose Gerede über mögliche Konsequenzen ihres Verhaltens und schlussendlich die Einsicht, dass Helen eine Auszeit brauche. Ein seelischer Burn-Out, damit sei nicht zu spaßen. Nur wohin jetzt mit ihrer ganzen Energie? Die Praxis war wie ausgestorben und all ihre Annäherungen an Anna bislang erfolglos geblieben. Basti wollte keine Auskünfte mehr geben, sie solle sich aus seinem Leben heraushalten, hatte er sie angeschrien, und nicht seine Beziehung zerstören mit irgendwelchen alten Aufnahmen, die längst überholt seien. Sie solle gefälligst selbst mit ihrem Psycho-Fuzzi abrechnen, wenn er sie hintergehe. Sie vergeude ihre Zeit hier. Er habe alles geklärt mit Anna, das mit Simon, das sei längst vorbei, nie wirklich etwas Ernstes gewesen. Helen solle ihre Nase in ihre eigene Soße stecken. Dann hatte er sie aus dem Laden geworfen. Zuvor hatte sie ihm noch ihre Nummer auf einen der Flyer geschrieben, die dort auslagen.

Helen betrachtete ihre Fingernägel, die blau unterlaufen waren, abgebissen bis aufs Nagelbett und wund an den Einstichstellen. Spätestens damit hatte sie Frau Gerber überzeugen können, dass an Arbeiten derzeit nicht zu denken war. Und schon gar nicht daran, sich bei Jaspers Mutter zu entschuldigen. Sie war krankgeschrieben bis auf Weiteres.

Basti. Willst du deine Anna für dich haben?, hatte sie gefragt. Dann sieh zu, wie du sie von ihm weg kriegst. Er treibts gerne mit seinen Patientinnen, wenn du weißt, was das bedeutet. Unzucht mit Abhängigen. Sie hatte ihm alles erzählt. Dass Claire Simons Patientin gewesen war, bevor er sie heiratete, dass sie es auf der Praxiscouch miteinander getrieben hatten, alles. Und dann hatte Basti sie hinausgeworfen, einfach so. Helen starrte auf ihre Fingernägel. Sie ballte ihre Hände zu Fäusten. Sie hatte das dringende Bedürfnis, sich zu verletzen.

Du wirst mich niemals mehr an jemand anderen vermitteln können, hatte sie zu Simon gesagt, du könntest mir nicht vertrauen, das weißt du. Ich werde dich an gar niemanden mehr vermitteln, hatte er geantwortet und dann nach Mirjam gerufen. Streichen Sie Frau Winter aus der Kartei. Er hatte sich eine Ohrenzeugin geholt für die Dokumentation ihrer Schmach. Diese Häme im Blick.

Wenn du hämisch sein kannst, Simon, dachte Helen, dann kann ich das auch. Und noch vieles mehr. Du wirst mich noch fürchten lernen. Du brauchst mich, das weißt du. Je länger sie im Geiste mit ihm sprach, desto näher fühlte sie sich ihm. Deine Häme ist nichts als Verletzung, sagte sie ihm, damit kenne ich mich aus. Nur die andere Seite der Liebe. Sie stellte sich vor, wie er die Augen niederschlug, um die Wahrheit nicht sehen zu müssen. Sie umschloss das inzwischen leere Teeglas mit ihren Händen, ganz fest, niemals mehr wirst du mich loswerden, hauchte sie in das Glas, sie drückte fester zu, bis ihre Fingerknöchel sich weiß färbten, presste die Lippen aufeinander.

Darf ich Ihnen noch etwas bringen? Anna war an den Tisch herangetreten und tauschte die Tagesdeko, eine kleine Blumenvase, gegen ein Teelicht in Pergamentpapier. Alles in Ordnung bei Ihnen? Helen ließ die Tasse los und schaute auf die Uhr. Sie nickte. Noch sechs Stunden bis zum Ende der Schicht. Auf Basti jedenfalls konnte sie nicht mehr bauen.

39

Der Tod, das muss ein Wiener sein, dachte Simon. Er hatte sich im Hotel Regent eingemietet, direkt hinter der Votivkirche, in diesem alten Hotel, das seine besten Jahre schon gesehen hatte. Da lag es nun, im vordergründigen Glanz alter Zeiten, und war doch sehr angenagt, wie er fand, vom Zahn der Zeit. Bis hinein in die Schichten der goldgewirkten Tapeten. Der Verfall war allgegenwärtig, der Geruch alter Möbel und Böden, das Knarzen der Betten. Die Teppiche zertreten, die Zimmer modernisiert zwar, aber dennoch spürte man den Mief des aus der Gegenwart Gefallenen, künstlich am Leben Gehaltenen. Nur die Lüster an den Decken und die majestätische Fassade erinnerten noch an die gloriosen Jahre in Würde und Glanz. Und das Wienern der Kellner in der angebauten Bar, vielleicht, die sonst wenig zu tun hatte mit dem alten Palais, an dem er als Junge oft vorbeispaziert war, und später als Student, auf den Spuren von Stefan Zweig und Sigmund Freud. Stefan Zweig war dort in der Nähe aufgewachsen und zur Schule gegangen, und die Praxis von Freud lag in der Berggasse um die Ecke. Simon hatte sich bewusst dort eingemietet, um Abstand zu haben zu dem eigentlichen Viertel seiner Kindheit. Nah sollte es sein, aber weit genug weg, auch das, ein Ort, von dem aus man in bequemem Radius ausschwirren konnte an die Orte, die weh taten, in jene Gegenden, die brannten, zu den Erinnerungen, die verschüttet waren. Er dachte an seine Zeit an der Universität, an die Nächte im Café Museum oder im Café Prückl, als sie ihre Fälle auseinandernahmen, die Seelen ihrer Kommilitonen sezierten, wie zuvor im Physikum die präparierten Leichen. Damals hätte er fast das Handtuch geworfen, all die toten Körper, das Hineinschneiden in das taube Fleisch. Noch heute hatte er den Geruch von Formaldehyd in der Nase, es würgte ihn, wenn er nur daran dachte. Aber er hatte weitergemacht. Und mittlerweile fragte er sich, ob das Sezieren der Seelen nicht schlimmer war als jede Obduktion. Es hatte ihn gereizt, mehr als einmal hatte es ihn gereizt zu sehen, wie weit man gehen könnte, wie viel Leid ein Mensch zu ertragen im Stande sei. Er hatte sich gefallen in der Provokation großer Gefühle, die er in sich selbst nicht mehr spürte. Unter dem Deckmantel der wissenschaftlichen Erkundung hatte er bei anderen so manches an Schaden angerichtet, und so manches erst aufgestört, das es eigentlich zu verhindern galt.

Und jetzt? Jetzt hatte er diese Helen, die ihm auf den Fersen war, eine Frau, besessen von dem Wunsch ihn zu besitzen, und wenn nicht das, ihn wenigstens zu vernichten. Eine Frau, die die Apokalypse in sich trug wie ihren unerfüllten Kinderwunsch, die nichts mehr zu verlieren hatte und alles daran setzte zu gewinnen.

Simon saß auf einer Bank vor der Votivkirche und schaute in die Abendsonne. Er holte sein Smartphone aus der Tasche. Das Gerät vibrierte in seinen Händen. Schon wieder Helen. Woher hatte sie seine Nummer? Seit Tagen drangsalierte sie ihn mit Anrufen im Halbstundentakt. Ein einziges Mal nur war er drangegangen, unwissend, wer ihn erwartete. Ich bin es, hatte sie ins Telefon gehaucht, und er hatte augenblicklich aufgelegt. Er hatte die Nummer gesperrt auf seinem Handy, aber seitdem probierte sie es mit unterdrückter Nummer. Sobald er wieder in Köln wäre, würde er sich eine neue Nummer zulegen. Er starrte auf den Bildschirm. Diesmal war es kein Anruf, es war eine SMS: So weiß, mein Herz, so rein, und so schwarz deine Seele. Du meinst, du musst mich ablehnen, aber ich weiß, dass du mich liebst. Wo bist du?

Er legte das Telefon neben sich auf die Bank. Kurz darauf eine weitere Nachricht: Im tiefsten Innern deiner selbst liebst du mich und brauchst du mich, so wie ich dich brauche. Du hast Verantwortung für mich. Ich werde dich finden, mein Engel, überall.

Die SMS hörten nicht auf.

Wo bist du?

Wo bist du?

Ich werde dich vernichten, ich werde euch alle in den Abgrund reißen, so wie ihr Claire in den Abgrund gerissen habt, du und deine schöne Geliebte.

Woher wusste Helen von Anna? Er schaltete das Handy auf stumm. Simon war nach Wien gereist, um den Geistern zu entkommen. Jetzt holten sie ihn wieder ein, in dieser digitalen Welt. Am liebsten hätte er sein Telefon in die nächste Mülltonne geworfen, aber etwas hielt ihn zurück, diese unbestimmte Angst, dass Helen zu viel wusste. Und viel mehr, als sie bis jetzt offenbarte.

Die Nächte waren furchtbar gewesen seit seiner Ankunft. Ihm graute vor dem Gang in sein Zimmer. Also blieb er in der Bar sitzen, auf diesen rot gelederten Polstern, japanisch modern, dachte er, eine Art Bar-Restaurant, er saß und versuchte sich an seinem Tafelspitz zu erfreuen. Am Nebentisch machte ein behäbiger Herr verzweifelt Anstalten, eine junge Asiatin zum Reden zu bringen, die genauso in ihrem Essen herumstocherte wie er. Ein trauriges Paar, dachte er. Wahrscheinlich hatte der Mann sie gekauft und wartete darauf, dass seine Bemühungen irgendwann fruchteten und ihr doch noch ein Lächeln abrangen. Wo er doch so tief in die Tasche gegriffen hatte, um ihr all das bieten zu können, eine Existenz, eine Pauschalreise inklusive Vier-Sterne-Hotel mit der Deutschen Bahn, Sicherheit und Liebe. Eine Zukunft. Und ihm selbst eine Alternative zur Gummipuppe, was hätte er auch tun sollen mit dem jahrelang Angesparten. Am Geld hätte es nicht gelegen, das hätte allemal gereicht, um eine Frau mit kleinbürgerlichen Ansprüchen zufriedenzustellen. Aber die Einsamkeit. Er hatte einfach niemanden gefunden. Simon verstieg sich in das vermeintliche Schicksal des Mannes am Nebentisch, um sein eigenes Elend zu vergessen. Und er wusste nicht, wen er mehr bemitleidete, den Mann mit der traurigen Erwartung eines geprügelten Straßenköters oder die beklemmende Fühllosigkeit dieser Frau, die mit allem abgeschlossen zu haben schien. Er blickte durch die Scheiben auf die kleine Terrasse. Wenigstens die Silhouette von Wien, dachte er, so stolz, so erhaben.

40

Im Prater blühn wieder die Bäume. Simon wusste auch nicht, warum ihm ununterbrochen diese Melodien und Textzeilen in den Sinn kamen. Seit er in Wien war, spulten sich diese Versatzstücke in ihm ab, als müssten Elemente des kollektiven Gedächtnisses sein persönliches stützen. Gehen wir Tauben vergiften im Park, der Tod, das muss ein Wiener sein. Küss die Hand, gnädige Frau, und grüßens mir die Frau Mama. Die Königin der Nacht, und wie schön sie erst gesungen hat. Die Mama. Im Prater blühn wieder die Bäume.

Und sie blühten tatsächlich, die Bäume. Die Kastanien in der Prater-Hauptallee waren weiß-gelb gesprenkelt. Simon ließ sich Zeit beim Gehen. Er war mit der Straßenbahn gekommen, nicht mit der U-Bahn, er hatte den langsamen Weg gewählt, das Rumpeln der Wagen in den Kurven, die Dialogfetzen der alten Damen, die ihre Einkaufstaschen auf dem Schoß hielten wie Hundekörbchen, sich an ihrem Griff festklammerten und schimpften, wenn der Zug nicht sachte genug bremste. Er hatte aus dem Fenster gesehen und die Haltestellen mitgezählt, wie früher als kleiner Junge, und beobachtet, wie die Sonne sich drehte mit den Richtungen, die die Bahn einschlug, bei ihrer ratternden Fahrt durch die Bezirke, durch die Leopoldstadt bis zum Prater. Er ging langsam, mit klopfendem Herzen, und so bewusst er auch atmete, die Gerüche der Kindheit in sich aufzunehmen suchte, so sehr spürte er trotz allem die Getriebenheit seiner Schritte. Und das Brummen seines Smartphones in der Hosentasche. Selbst wenn Helen eine Zeit lang Ruhe gab, spürte er die Vibrationen, die ausblieben, wie ein Amputierter seinen Phantomschmerz am Bein. Er wusste, wie die Meldungen lauteten, immer gleich, wenn nicht im Wortlaut, so doch in der Aussage, denn sie waren Ausdruck ihres immer gleichen kranken Begehrens und der Wut, keinen Zugriff auf ihn zu haben, seiner nicht habhaft zu werden. Wo bist du, du wirst mir nicht entkommen, du kannst mir nicht entfliehen, Simon, du kannst *dir* nicht entfliehen, die noch entsetzlichere Variante. Sie hat Recht, dachte er, ich mache mir nur etwas vor. Der scharfsinnige Instinkt der vom Wahn Gezeichneten. Auch in Wien konnte er sich selbst nicht entkommen.

Er schlenderte zum historischen Riesenrad, blieb eine Weile stehen und schaute dem Treiben zu. An einem Büdchen holte er sich einen gebratenen Kukuruz und fluchte, als sich die Fasern des Maiskolbens zwischen seinen Zähnen verfingen. Hatte er das Zeug tatsächlich mal gemocht? Idiotisch, dachte er, diese Versuche längst Verlorenes zurückzuholen. Er bestellte sich eine Halbe dazu, und während er dort stand und trank, das Bier in sich hineinschüttete, bedauerte er die wenigen Männerfreundschaften, die er gehabt hatte und nicht hatte halten könnten. Die allesamt gescheitert waren, weil seine Bedürfnisse niemals hinausgegangen waren über eine gemeinsame Partie Schach, ein paar brüderlich geteilte Tüten Chips, vielleicht, oder die bierselig wie ambitioniert geführten Debatten über fehlende Götter und starke Frauen, Motorräder und Formel 1. Dazu die Fachgespräche mit Kollegen, Fallbesprechungen mit verbalem Wettrüsten. Stets hatte er seine Erkenntnisse verteidigt wie ein ungeliebtes Kind seine Bauklötzchen, insbesondere die für ihn gültige Wahrheit, dass niemand diese je freiwillig aussprach, in einer Welt voller Lügen und Selbsttäuschung. Immer wieder verteidigte er sein Credo, dass man niemandem trauen könne, grundsätzlich, niemals den Worten, die einer sage, und immer nur dem, was dahinterliege, jenseits von Ich und Über-Ich. Das Ich als fiktives Konstrukt, das war es, woran er glaubte, an die Lüge als Notlüge zur Rettung des eigenen Selbst. Und das Leben zu meistern hieß, seine persönlichen Grenzen zu beherrschen. Die Grenzen von Lüge und Wahrheit. Er hatte es sich zum Beruf gemacht, das Seelenleben der anderen offen zu legen, sein eigenes aber hielt er gekonnt unter Verschluss. Und trotz seiner beständigen Selbstkontrolle hatte es immer wieder Menschen gegeben, die die Gabe hatten, ihn zu entschlüsseln. Ruth. Vielleicht hatte er deshalb nicht bei ihr bleiben können.

Simon orderte ein zweites Bier, diesmal zum Mitnehmen, und ging weiter. Für einen Moment genoss er die Haptik seines Plastikbechers, der knackte, wenn er ein wenig fester zudrückte, und die trüb-gelbe Flüssigkeit über den Rand schwappen ließ. Er musste an seine Studentenzeit denken, als das Trinken aus Plastikbechern noch alltäglich war, ob Bier oder Kaffee, er dachte an die kleinen weißen Becher aus der Unimensa, die sich in den Abfalleimern türmten, an wilde Partys in den Donauauen und das Nachglühen in fremden Wohngemeinschaften, an der Seite fast fremder Frauen. Schon lange nicht mehr hatte ihm ein Bier so gut getan wie dieses inzwischen lauwarme Gesöff in seiner Hand.

Instinktiv ging er den Weg, den er damals mit Ruth gegangen war, als er sie zu einem ersten Rendezvous in den Prater eingeladen hatte. Vor den Schiffschaukeln hielt er an. Nur eine der Schaukeln war besetzt, alle anderen lagen wie verwaist in ihrem zurechtgezimmerten Hafen. Die Animierdamen auf den bemalten Holztafeln lächelten herab, selbstgefällig und kokett, und doch wehte ein Hauch von Tristesse um ihre inzwischen überholten Züge, Ideale einer vergangenen Zeit, ihre Mähnen tiefschwarz oder blond, grellrote Lippen und Wangen und Brüste, die aus den Dekolletés platzten wie der Lack auf dem verwitterten Holz.

Er lehnte sich an eine Säule und sah zu, wie die einzige besetzte Schaukel in die Luft flog, mit jeder Bewegung dem Himmel ein Stück näher, dachte er, mit jedem Aufschwung. Das Kreischen der jungen Leute schwoll an, wenn es aufwärts ging, und nahm ab, wenn die Schaukel zurückschwang. Und kurz vor dem Zenit dieser Moment fast panischer Stille, wenn sich zeigen würde, ob sie diesmal die Grenze überwand, dieses Mal schon oder erst beim nächsten Aufschwung, die Grenze zur anderen Seite. Für diesen unheimlichen Moment lang standen die Schaukelnden auf dem Kopf, festgeschnallt und gesichert, mit aufgerissenen Mündern und Augen, als würden sie beide den Atem anhalten. Er war sich sicher, dass sie das taten, bis die Erleichterung des Abschwungs sich buchstäblich Luft machte.

Er hatte Ruth versprochen, damals, dass er rechtzeitig aufhören würde. Ihr entsetzter Blick, als der Assistent missbilligend die Schaukel anhielt, kurz nach dem Start, und ihr den Ledergurt anlegte, prüfte, ob die Halterung richtig saß. Widerwillig hatte auch Simon selbst sich schließlich angeschnallt. Ruth hatte gelacht vor Vergnügen, ihre Haare flatterten im Fahrtwind und ihr Rock um ihre Knie. Er sah ihre dunklen Strähnen über den geröteten Wangen, ihren schönen Mund, halb geöffnet, er hatte eine unbändige Lust verspürt sie zu küssen, einfach so, und sich nach vorne gebeugt, bis seine Lippen die ihren berührten. Und dann, ganz plötzlich, er wusste selbst nicht, was in ihn gefahren war, hatte er seine Bewegungen beschleunigt, immer kräftiger hatte er geschaukelt. Und je mehr Ruth geschrien hatte, hör auf, bitte, desto mehr hatte er geschaukelt, hör auf, ihre Stimme überschlug sich, sie kreischte und bemühte sich verzweifelt, ihren Rock festzuhalten, der mit jedem Abschwung nach oben rutschte, mit jedem Zentimeter Höhe noch mehr von ihr frei gab. Sie versuchte, sich den Rock zwischen die Beine zu klemmen. Während er weiter anschaukelte und sich vorstellte, wie der weiche Viskosestoff um ihre Schenkel spielte, ihre Unterwäsche frei gab, immer weiterschaukelte, wie von Sinnen, immer kräftiger, bis sie tatsächlich auf dem Kopf standen und das von ihm gesteuerte Schiff erst zögerlich, aber dann mit Wucht auf der anderen Seite herabschwang. Ein letzter Schrei, kurz vor dem Fall, dann war Ruth verstummt. Und schlagartig verlangsamte er, er sah in ihr versteinertes Gesicht, ganz weiß war sie geworden, und wie erstarrt, sie klammerte sich fest um die Haltestangen, bis die Schaukel endgültig zum Stillstand kam. Danach war sie wortlos ausgestiegen und davongegangen, ohne sich noch einmal umzudrehen.

Das war das erste Mal gewesen, dass er eine Grenze überschritten hatte, deren Überschreitung er tatsächlich bedauerte. Ob Ruth seine geflüsterte Entschuldigung noch gehört hatte, damals? Er wusste es nicht. Aber irgendwann hatte sie sie angenommen, dann doch.

Simon stand an der Säule und sah zu, wie der junge Mann seiner Freundin aus der Schaukel half. Die beiden hatten ihre Fahrt offensichtlich genossen, auch das Mädchen. Sie entfernten sich kichernd und einträchtig ineinander verhakt.

Simon warf seinen Becher in den Müll und öffnete einen der oberen Knöpfe an seinem Hemd. Die ehrlicheren Gespräche hatte er immer mit Frauen geführt, dachte er, nie mit Männern, wenn auch oft wider Willen.

Das Brummen in seiner Hosentasche holte ihn zurück in die Realität, für eine Weile war es ihm gelungen, Helens Meldungen zu ignorieren. Er zögerte, dann beschloss er, einen Blick auf das Display zu werfen. Neun ungelesene Nachrichten, eine von Ruth, eine von Anna, alle anderen von Helen. Simon, las er. Nur dieses eine Wort. Sieben Mal. Simon. Ihre Kommunikation war in eine neue Phase getreten. Alles, was sie für ihn empfand, legte sie nun in dieses eine Wort. Alles, was sie von ihm erwartete. Er fasste sich ans Revers und rüttelte an seinem Hemdkragen. Er schwitzte. Und alles, was sie gegen ihn in der Hand hielt, dachte er.

41

So eine war das also. Helen hatte genau gesehen, wie sie in den Wagen gestiegen war. Sie war hübsch, aber ein Flittchen.

Deine Anna ist ein Flittchen, tippte sie in ihr Handy und drückte triumphierend auf Senden. Und gleich noch eine SMS hinterher, dachte sie. Simon, tippte sie, mehr nicht. Sie würde nicht aufhören, ihn mit Nachrichten zu bombardieren, er sollte wissen, mit wem er es zu tun hatte. Simon. Das reichte. Er sollte wissen, dass sie bei ihm war, wo immer er sich befand, und dass sie ihm nahe war, dass sie in der vertraulichen Position war, ihn beim Vornamen zu nennen. Er hatte die Praxis für eine Woche geschlossen, damit meinte er wohl, ihr zu entkommen, aber dem war nicht so. Und sie hatte die Gelegenheit genutzt, dieser Anna hinterherzuspionieren. Wieso sollte sie untätig bleiben, während er sich woanders vergnügte. Er hatte kein Recht gehabt, einfach abzutauchen. Sie war seine Patientin, immer noch, auch wenn er gedroht hatte, sie loszuwerden. Er hatte Verantwortung für sie, und sie würde sich nicht abschütteln lassen. Niemals. Alle meinten immer nur, sich ihrer entledigen zu können, einfach so, als würde man ein Kleidungsstück abstreifen. Ihr Vater, Robert, Simon. Und selbst dieser Basti, auch der noch. Dabei hätte es diese Anna viel mehr verdient, dass man sie abstreifte wie ein Hemd, dieses Flittchen. War einfach in diese S-Klasse gestiegen zu diesem Typen mit dem dunklen Anzug, leider hatte sie von ihrer Position aus sein Gesicht nicht sehen können. Es war alles zu schnell gegangen. Sie hatte sich im Gebüsch versteckt und es war zu dunkel, um alles zu erkennen. Aber Anna hatte einen kleinen Trolley hinter sich hergezogen, er war herausgesprungen und hatte ihr den Kofferraum aufgerissen. Küsschen links, Küsschen rechts. Dann hatte er ihr die Beifahrertür aufgehalten. Und weg waren sie, ab Richtung Gürtel. Es war ein Bonner Kennzeichen.

Helen stand unschlüssig im Flur herum. Wie sie plötzlich ihre Wohnung verachtete. Diese altbackene Gemütlichkeit aus Weichholzmöbeln und orangefarbenen Kissen. Orange sei die Farbe der Sexualität, hatte Simon in einer ihrer ersten Sitzungen gesagt, er hatte sich ihre Wohnung beschreiben lassen. Eine warme Farbe. Jahrelang hatte sie sich in ihren Farbtönen eingerollt wie ein von der Außenwelt vergessener Embryo. In ihrer wollweißen Strickjacke. Laminat statt Parkett, Poster statt Originale, Ingredienzen einer uneigentlichen Existenz. Das hatte ihr Robert einmal vorgeworfen, sie hatte lange darüber nachgedacht, was er damit gemeint haben mochte. Alles darin sei ausgeliehen und gar nichts echt. Wo, hatte er gefragt und sie dabei an den Schultern gepackt und geschüttelt, wo, liebe Helen, steckst du in dem Ganzen, er hatte mit einer wegwerfenden Bewegung auf die Wohnung gezeigt, auf die Wände voller Erziehungsratgeber und Filmlegenden. Nenne mir einen Gegenstand hier, in dem ein Funken von dir sprüht. Das war kurz nach der endgültigen Trennung. Sie hatte lange über Roberts Worte nachgedacht und war zu dem Ergebnis gekommen, dass sie tatsächlich ein Nichts war, weder jemals für etwas brannte, noch selbst jemanden für etwas entflammte. Sie hatte noch nicht einmal jemandem eine Wunde zugefügt, in all den Jahren. Das Einzige, was sie je bei anderen hinterlassen hatte, waren Schuldgefühle.

Helen spürte, wie der Druck sich in ihr aufbaute. In derselben Sitzung hatte sie Simon von ihrem Kinderwunsch erzählt, und er hatte mit ihr darüber gesprochen, was er in ihr auslöste. Nur um sie irgendwann darauf zu stoßen, dass es nicht ihr eigener Kinderwunsch war, der sie antriggerte, sondern der Wunsch, sich zu wünschen, was die anderen sich wünschten. Und weil sie etwas brauchte, um von sich selber abzulenken. Aber nichtsdestotrotz hatte er diesen Wunsch sehr ernst genommen. Das sei ein Thema von ihr, zweifellos.

Helen ging ins Bad und setzte sich auf den Wannenrand. Sie wusste, wie sie sich sofort Erleichterung verschaffen könnte. Unschlüssig öffnete sie eine der Schubladen neben dem Waschbecken und tastete nach den Rasierklingen. Dann stieß sie die Lade wieder zu und ließ sich eine Wanne einlaufen, eiskalt.

Sie erinnerte sich, einmal war ihr Vater unversehens im Dorf aufgetaucht, er hatte schon längst nicht mehr bei ihnen gewohnt. Sie war ganz aufgeregt gewesen und er hatte so getan, als freute er sich ebenso sie zu sehen. Er sei in der Gegend gewesen, hatte er gesagt, und habe einfach mal vorbeischauen wollen. Es war Winter und sehr kalt und die Seen seit Tagen zugefroren. Helen musste elf Jahre alt gewesen sein. Gerade erst hatte sie ihre ersten Schritte auf Schlittschuhen gelernt, sie wollte ihrem Vater vorführen, was sie schon konnte. Sie waren zusammen zum See gegangen. Aber er hatte diese andere Frau dabei gehabt, sie wohnte am anderen Ende des Ortes.

Helen war aufs Eis getreten, ganz vorsichtig, tastend, sie war ein wenig hinausgefahren auf den See, ängstlich, zaghaft. Aber stolz. Sie drehte ein paar Runden und winkte mit ihrem roten Schal. Ihr Vater winkte zurück und auch die ihr fremde Frau hob die Hand. Also wagte sie sich ein wenig weiter hinaus. Als sie sich wieder umdrehte und das Gleichgewicht verlor, sah sie Hilfe suchend zum Ufer, es war niemand mehr zu sehen. Ganz klein nur noch und undeutlich nahm sie zwei Gestalten wahr, zwei sich entfernende Schemen im Grau einer früh einsetzenden Dämmerung. Sie erschrak und plötzlich fürchtete sie, das Eis unter ihren Füßen würde nachgeben, sie spürte schon die Kälte des Eiswassers unter ihren klammen Jeans, sie ruderte mit den Armen, Panik überfiel sie, als würde ihr Brustkorb sich verklumpen zu einem unförmigen Ball aus Schnee und Eis, sie japste nach Luft und schrie. Papa, schrie sie, aber es war, als verhallten ihre Rufe in der Luft, in dem Moment, in dem sie sie ausstieß. Irgendwann hatte ihre Erinnerung sie verlassen, sie war einfach liegen geblieben. Und irgendwann hatte der Vater sie vom Eis geholt, dann doch. Sie war nicht eingebrochen. Aber nie hatte sie sich dem Tod näher gefühlt. Nie so verlassen. Und wieder einmal hatte sie ihren Vater enttäuscht.

Helen stieg in die Wanne. Das eiskalte Wasser umschloss ihren Leib wie ein Panzer. Sie machte die Augen zu. Sie sah sich wieder alleine am Gartentor stehen, in dem stillen Dorf ihrer Kindheit. Es schneite, alle Gärten waren verschneit, alle Wege, nur ihre eigenen Stiefelspuren im Schnee, nur sie allein vor dem Haus und die Mutter in der verdunkelten Stube. Nach der Scheidung ihrer Eltern war Helen allein bei der Mutter aufgewachsen. In ihren Erinnerungen daran schneite es, ununterbrochen, in ihren Träumen, und vor allem an dem Tag, als ihr Vater endgültig verschwand. Das knatternde Geräusch des Motors, die Abgaswolken, die aus dem Auspuff kamen und in der eiskalten Luft verrauchten. Sie hatte es nicht einmal mehr fertiggebracht zu winken. Der alte Saab, wie er allmählich im Schneetreiben verschwand. Und mit ihm der Vater und Tom, der auf dem Beifahrersitz saß. Aus ihrem Sichtfeld, aus ihrem Leben. Tom war zurückgekommen, immer wieder, er hatte nach Helen geschaut, auch nach der Mutter, er hatte sie besucht. Der Vater fast nie.

Helens Vater hatte dunkelhaarige Frauen gemocht, und starke Frauen, Frauen wie jene Nachbarin. In dem kleinen Dorf war er bald als derjenige bekannt, der die Frauen nahm und ins Unglück stürzte. Nach seinem Tod waren noch zwei andere Kinder von ihm aufgetaucht, auch diese von Frauen, die er irgendwann hatte sitzenlassen. Aber ihre Mutter war die Erste gewesen, die er schwängerte und damals hatten die Familien auf der konservativen Alb ihn noch zwingen können, sie zu heiraten. Eine sein Leben bestimmende Verirrung, wie er später sagte. Und Helens Bruder eine unerwünschte Begleiterscheinung, die er zu seiner großen Überraschung trotz allem lieb gewann. Tommi war wild und lebendig, voller Lebenslust, mit einem schönen gesunden Teint und einem herzlichen Lachen. Als drei Jahre später Helen zur Welt kam, war die Ehe zerrüttet, gestört war sie von Anfang an gewesen. Und nicht einmal Tommi konnte ihren Vater jetzt mehr halten auf der Alb.

Helen selbst hatte er von Anfang an als schwächliches Geschöpf betrachtet. Helen war kein Mädchen mit femininen Reizen, nicht so, wie er sich ein Töchterchen vorstellte. Eine kleine Memme noch dazu, ängstlich und verzagt, nicht wie Tom, der sein Schwesterchen beschützte wie ein ritterlicher Held und sie im Grunde auch nur mit seiner Fürsorge erdrückte.

Nach dem Vorfall auf dem Eis hatte Helen tagelang Fieber gehabt. Als sie wieder zu Kräften kam, war ihr Vater längst nicht mehr da. Also machte sie sich auf an den Ortsrand, ein kleines Mädchen mit Zöpfen unter einer viel zu großen Strickmütze. Sie stapfte zwei Kilometer weit durch den Schnee, um den Ehemann der Frau aufzusuchen, die mit ihrem Vater am See gewesen war. Sie klingelte.

Was willst denn du hier?, fragte der Mann.

Dir sagen, dass deine Frau und mein Papa zusammen am See waren. Ich glaube, die haben was.

In dem Moment hörte sie die Frau aus dem Wohnzimmer kommen. Was weißt du kleine Göre schon über meine Beziehung zu meinem Mann?, sagte sie scharf.

Und dass Helen ihre Nase nicht in anderer Leute Angelegenheiten stecken solle.

Der Mann hatte erst seine Frau geohrfeigt, dann Helen. Und dann hatte er ihr die Tür vor der Nase zugeschlagen. Wie Basti, dachte Helen. Der hatte ihr auch die Ladentüre zugeschlagen, weil er die Wahrheit nicht wissen wollte.

Helen tauchte kurz unter, dann wieder auf. Als sie sich aus der Wanne schleppte, waren ihre Lippen blau vor Kälte und ihr war, als würde sie von Nadelstichen zersiebt. Sie musste sich am Waschbecken festhalten.

Jahre später hatte ihr Vater sie um ein versöhnliches Gespräch gebeten. Um eine Aussprache, wie er sagte. Er habe Fehler gemacht. Das war kurz vor dem Unglück in den Tiroler Bergen gewesen. Zu dieser Aussprache war es nicht mehr gekommen.

42

Im Briefkasten der Praxis hatte sich einiges angehäuft in seiner Abwesenheit. Simon hatte vergessen, Mirjam zu bitten, wenigstens einmal nach der Post zu sehen. Die Briefe fielen ihm entgegen, sobald er das Türchen geöffnet hatte, zum Teil waren sie stark lädiert, der Postbote musste sie regelrecht hineingequetscht haben in das viel zu kleine Fach. Er griff nach einer der psychologischen Fachzeitschriften, die er abonniert hatte, und versuchte gleichzeitig, die herunterfallenden Briefe und Prospekte aufzufangen. Einer der Briefe glitt ihm dabei aus der Hand, ein weißer länglicher Umschlag mit Sichtfenster. Er bückte sich und hob ihn auf, am oberen Rand des Fensters war der Absender noch zu erkennen, DPV las er. Und sofort schrillten alle Alarmglocken. Die Deutsche Psychoanalytische Vereinigung. Helen. Nein, das war kein Spaß mehr, dieser Helen war alles zuzutrauen. Alles. Er hastete die Treppen nach oben, warf die gesammelte Post auf den Schreibtisch, riss das Fenster auf und gleich darauf diesen beunruhigenden weißen Umschlag. Dass er vergessen hatte, Mirjam mit der Post zu beauftragen, schien ihm jetzt wie eine Freudsche Fehlleistung, als hätte er insgeheim beabsichtigt, sie von verräterischen Schreiben fernzuhalten. Auch wenn Mirjam niemals ungebeten seine Praxisbriefe öffnete und das Kürzel DPV für sie sicher ebenso wenig bedeutete wie irgendein anderes Kürzel oder, gemessen an ihrem begrenzten Weltwissen, genauso gut stehen könnte für Deutsche Pudelvereinigung oder irgendeine politische Partei.

Sehr geehrter Herr Dr. Prohaska, Simon überflog die an ihn gerichteten Zeilen, ganz förmlich gehalten, eines dieser vorgefertigten Standardschreiben, ein paar Zeilen, mehr nicht: die Aufforderung der Ethik-Kommission der DPV, einen Termin zu vereinbaren, zur Klärung eines anonym eingegangenen Vorwurfs.

Dieses Luder, dachte er. Also doch. Er musste sich setzen. Und wenn es nicht Helen gewesen war? Aber je mehr er auch nachdachte und sich zur Vernunft zwang, es war, als würde ihm jemand den Hals zudrücken, die bleischwere Erkenntnis seiner eigenen Unzulänglichkeit. Er wusste, was ein Berufsverbot bedeutete: das soziale und finanzielle Aus. Schlagartig wurde ihm die Ausweglosigkeit seiner Lage bewusst, deren absehbare Konsequenzen er sich trotz allem nicht recht hatte eingestehen wollen. Dieses Luder hatte ihn in der Hand, so oder so. Er verstaute das Schreiben in der hintersten Ecke seiner Schublade, warf sie zu und zog den Schlüssel ab. Er steckte den Schlüssel in seine Hosentasche, dann besann er sich eines Besseren, holte das Schreiben wieder heraus und verstaute es in der Innentasche seiner Lederjacke, die eigentlich viel zu warm war für die inzwischen frühsommerlichen Temperaturen. Einen Tod musste man sterben, dachte er, als er sich die Jacke überwarf und sich anschickte zu gehen. Zuvor überflog er noch schnell die verbleibende, bislang ungeöffnete Post auf seinem Schreibtisch, nichts Wichtiges, dachte er, das kann warten. Dann eilte er die Treppe hinunter.

Jetzt Motorradfahren, dachte er, als er draußen war, einfach den Fahrtwind spüren, ab Richtung nirgendwo. Und er verfluchte wieder einmal, dass er Claire zuliebe seine Maschine verkauft hatte, eine Maßnahme zur Rettung ihrer Ehe. Eine, wie er fand, besonders noble Geste von ihm. Claire hatte ihm monatelang die Hölle heißgemacht. Aber sobald diese Sache mit Helen ausgestanden war, das schwor er sich jetzt, würde er sich wieder eine Maschine holen, der Gedanke daran munterte ihn vorübergehend auf und ließ ihn den Grünstreifen entlangjagen, als säße er schon jetzt auf dem Sattel seiner neuen Kawasaki. Bis der Anblick von Helen ihn schlagartig ernüchterte. Da war sie wieder, leibhaftig, diese blonde zierliche Frau, die auf der anderen Seite des Grünstreifens stand, als gehörte sie zum Inventar der Straße.

Simon war in den frühen Morgenstunden aus Wien zurückgekehrt. Als er am Vormittag seine Wohnung am Friesenplatz verlassen hatte, war ihm nichts Verdächtiges aufgefallen. Aber jetzt stand sie wieder da, dieses verdammte Luder, als wäre sie Teil einer eigens für ihn angelegten Szenerie. Er beschleunigte seinen Schritt und spurtete an ihr vorbei, ohne sie eines Blickes zu würdigen. Als dann wenig später die Ringlinie am Zülpicher Platz aus dem Untergrund herausschoss Richtung Südstadt und das Tageslicht ihn blendete, folgte die SMS, die er bereits erwartet hatte. Nur zwei Worte: Welcome back.

43

Simon wusste, dass Ruth immer sonntags in der Praxis ihre Patientenakten aufarbeitete, sie war immer schon sehr diszipliniert gewesen. Und so wusste er auch, wo er sie jetzt antreffen konnte. Auf eine Auseinandersetzung mit ihrem neuen Partner im trauten Heim hätte er nun wirklich keine Lust gehabt, auch wenn ihm der Neue, wie er ihn immer nur nannte, eher vorkam wie eine Figur aus geleckttem Pappmaschee, ohne Fleisch und Blut, eine Art Hintergrundpuppe, die das für Ruth allein viel zu groß geratene Wohnzimmer füllte. Angeblich sollte er ausgezeichnet kochen. Immerhin. So hatte er wenigstens etwas, was er Simon voraushatte und womit er Frauen wie Ruth, die noch gebrandmarkt waren von ihrer ganz großen gescheiterten Liebe zumindest oberflächlich beeindrucken konnte. Zum Füßekraulen und Verwöhnen hatte Simon noch nie getaugt, dafür hatten seine Beziehungen stets das Zeug gehabt, zu schillern wie das Grün eines ganz besonderen Insektenflügels, in allen Schattierungen der Farbe der Hoffnung. Seine Beziehungen waren stets zerbrechlich und unstet, getragen von einer untergründigen Anziehung.

Ruth hatte die Klingel abgestellt, warum auch immer. Aber das passte zu ihr. Auch ans Telefon wollte sie nicht gehen. Also entschied er sich für eine nahezu romantische, aber auch dringliche Variante, sich Gehör zu verschaffen. Er schlüpfte durch das Dickicht der Sträucher im Garten und warf kleine Kieselsteine gegen das Fenster ihres Praxisbüros. Nach dem dritten Steinchen zeigte sich Ruths Kopf im Fenster. Du?, fragte sie. Er kam sich vor wie auf Freiers Füßen und lachte zu ihr herauf, obwohl ihm überhaupt nicht nach Lachen zumute war. Das Fensterln als romantisches Relikt längst vergangener Zeiten verlor in Anbetracht einer Helen, die ihn geradezu mit Ziegelsteinen traktierte, sofort jeglichen Zauber. Und trotzdem musste er lachen, als er Ruths verdattertes Gesicht sah, das von oben auf ihn herabblickte, ganz und gar unschlüssig, ob sie nun empört sein sollte oder lieber mitlachen. Aus dieser Phase seien sie eigentlich heraus, sagte sie dann, in einem heiter-ironischen Tonfall, und versicherte ihm, ihn auch auf normalem Wege einzulassen, nämlich durch die Haustür.

Ruths Heiterkeit verflog sofort, als er ihr das Schreiben der DPV in die Hand drückte. Beim Lesen vertiefte sich die charakteristische Falte über ihrem Nasenbein zu einem kleinen Krater. Sie nahm ihre Brille ab und schaute ihn sorgenvoll an. Jetzt hast du ein Problem, sagte sie. Andererseits, sie bearbeitete ihre Unterlippe mit den Schneidezähnen, haben sie nichts Konkretes gegen dich in der Hand. Weder einen Namen noch einen referierten Fall. Deine Sitzungen mit Claire hast du rechtzeitig abgebrochen, noch bevor sie als dein Fall aktenkundig geworden wäre.

Ich habe die Sitzungen noch nicht einmal abgerechnet, ereiferte sich Simon.

Eine Grauzone, okay, aber da hast du gerade noch die Reißleine gezogen. Und solange der Schreiber anonym bleibt … Die Schreiberin … Das Problem ist, dass du die Patientin nicht sofort abgegeben hast. Das hättest du tun sollen, zu deiner eigenen Absicherung. Noch in der Probatorik.

Du weißt, sagte Simon, warum ich die Sitzungen nicht abbrechen konnte.

Ruth sah ihn durchdringend an. Wenn ich ehrlich bin, weiß ich das nicht. Was ich weiß, ist, dass du mir etwas verschweigst.

Du musst mir vertrauen, Ruth.

Das ist so, als setzte ich mein Vertrauen auf eine weiße Weihnacht. Eine ähnliche Trefferquote.

So schlimm gleich?

Nein, viel schlimmer. Magst du einen Tee?

Du bist verletzend, Ruth.

Ich bin realistisch. Jasmin oder Earl Grey?

Hast du auch etwas weniger Blumiges?

Du meinst ein Bier?

Bist du dir sicher, dass es Helen war?, fragte Simon, als Ruth mit einer Flasche Kölsch in der Hand zurückkam. Er öffnete den Verschluss mit seinem Feuerzeug. Dann zog er eine zerknitterte Packung Gauloise aus der Hosentasche. Er nahm eine Zigarette heraus, die letzte, und zerdrückte die Schachtel mit der Faust.

Du dir etwa nicht? Ruth sah ihn argwöhnisch an. Wer sollte es denn sonst gewesen sein? Sie folgte ihm hinaus auf den Balkon. Eine Weile standen sie schweigend nebeneinander und blickten in die Büsche.

Und wenn es diese Helen war, sagte Ruth, dann war das vielleicht erst der erste Schritt. Dieses Schreiben kannst du leicht entkräften, eine kleine Stellungnahme, ein bisschen Goodwill zeigen. Was aber, wenn Helen irgendwann heraustritt aus ihrer Anonymität und ihre verqueren Fakten auf den Tisch legt? Was dann?

Was hätte sie denn davon?, fragte Simon. Was sie will, ist, dass ich sie weiter therapiere. Wieso sollte sie sich selbst von der Nahrungszufuhr abschneiden?

Was sie will, bist du. Ob mit oder ohne Therapie.

Und wenn sie dich nicht bekommen kann, kann ihre vermeintliche Liebe in Hass umschlagen. Das weißt du wie ich. Und dann wird ihr Impuls nicht mehr Begehren sein, sondern Rache. Und dann wird ihr jedes Mittel recht sein.

Du meinst also, Simon versuchte Ruths Gedanken weiterzuspinnen, um mich zu retten, bleibt mir nur, ihr Begehren aufrechtzuerhalten? Er stieß ein galliges Lachen aus.

Um Himmels willen, nein. Damit könntest du allenfalls etwas Zeit gewinnen. Was ich meine, ist, dass du dich in eine fatale Lage hineinmanövriert hast und du baldmöglichst mit der DPV einen Termin vereinbaren solltest. Aber bitte, Simon, sei jetzt auf der Hut.

Und wie muss ich mir das vorstellen, auf der Hut zu sein? Soll ich vor dem Sekretariat der DPV in Berlin die Post abfangen?

Nein, sagte Ruth, viel einfacher. Du sollst vor der

Ethik-Kommission die Wahrheit aussagen. Und das bald. Sie kam näher und fasste ihn fest an den Schultern. Du bist befangen, Simon, sagte sie. Er spürte ihren heißen Atem im Gesicht. Pass auf, was du tust.

44

Deine Anna ist ein richtiges Flittchen.

Das haben Sie mir schon einmal gesagt.

Weil es so ist. Du hättest sehen sollen, wie sie in diesen Wagen gestiegen ist, eine Mercedes S-Klasse, nachts um halb zwei. Als würde sie grundsätzlich für ein schickes Auto die Beine breitmachen.

Ich habe Sie nicht in die Praxis gebeten, Helen, um über Anna zu sprechen.

Du hast mich in die Praxis gebeten, weil du mich sehen willst.

Mit Ihnen sprechen.

Und deshalb hast du deine Vorzimmerschickse heute daheim gelassen, nicht wahr? Helen verzog spöttisch den Mund. Die Tür zu ihrem Büro war offen, sagte sie. Und es war keiner drin. Helen schlug die Beine übereinander, zupfte an ihrem Rocksaum und legte ein weißes Knie frei und ein Stückchen ihres blau geäderten Oberschenkels. Na, gefällt dir, was du siehst? Sie schob ihren Rock hoch bis zur Taille. Und gefällt dir das auch? Erst jetzt offenbarte sich Simon das ganze Ausmaß ihrer Selbstverletzungen, dutzende kleine Schnittwunden, auf ihren schmalen Schenkeln verteilt und angeordnet wie Zickzacklinien, die sich erstreckten bis hinauf zu ihrer Scham, unter den Rändern des Slips weiterzulaufen schienen bis, er wollte sich gar nicht ausmalen, bis wohin sie sich ritzte … Er drehte den Kopf weg.

Wissen Sie jetzt, warum Sie mich weiterhin therapieren müssen? Herr Doktor … Helen legte ihre ganze Verachtung in die Formulierung seiner Anrede, Sie haben keine andere Wahl. Herr Doktor. Machen Sie, was Sie tun müssen. Machen Sie Ihre Arbeit. So wie Sie Ihre anderen Frauen willfährig gemacht haben, mit Ihrer schönen dunklen Stimme. Ein bisschen Seelenwunden streicheln, ein bisschen Anfassen, ein bisschen Retter spielen. Mehr verlange ich doch gar nicht von Ihnen, Herr Doktor. Simon. Nichts, was Sie nicht anderen vor mir schon gegeben haben.

Helen war aufgestanden und hatte ihren Rock wieder heruntergestreift. Jetzt stand sie da wie ein modernes Aschenbrödel in einem imaginären Berg aus Hülsenfrüchten, ihrem angehäuften Lebensschutt, trotzig und entschlossen, alles Bisherige abzuschütteln, all die Zumutungen ihres Lebens, und sich ihrem vermeintlichen Prinzen an die Brust zu werfen. Ihrem rettenden Engel.

Ich hätte auf Ruth hören sollen, dachte Simon. Es war ein Fehler, auf die Zeit zu setzen, die Karte des Begehrens weiter auszuspielen und Helen auf diese Weise dahin zu bringen, wo er sie haben wollte. Im Grunde wusste er, dass er falsch lag, dass Patientinnen wie Helen nicht beizukommen war. Er war befangen, ja, gefangen in dieser unheilvollen Verstrickung. Aber er war immerhin noch professionell genug zu erkennen, dass seine Versuche nichts weiter waren als taktische Manöver, das Unabwendbare wenn nicht aufzuhalten, so doch wenigstens aufzuschieben. Er wusste genau, was er als souverän handelnder Therapeut zu tun hätte. Aber mit einer drohenden Mordermittlung im Nacken verschoben sich die Grenzen, die der Professionalität und die der Moral. Da hatten andere gut reden. Existenzielle Ausnahmezustände erforderten außergewöhnliche Maßnahmen. Fast zu töten veränderte nur wenig, tatsächlich zu töten: alles. Und fast verurteilt zu werden, oder nur moralisch, war ihm definitiv lieber als der Knast.

Ich muss ihr Vertrauen zurückgewinnen, dachte er, ihr irgendetwas anbieten. Sie wollten also über Anna sprechen, sagte er sanft. Setzen Sie sich. Nehmen wir uns die Zeit für das, was Sie mir sagen wollen.

Dass Ihre Anna es mit der Treue offenbar nicht so genau nimmt, sagte Helen. Aber das sollten Sie lieber selber herausfinden. Ich bin doch nicht Ihre persönliche Beziehungsberaterin.

Immerhin ist sie jetzt wieder beim Sie, dachte Simon. Ein gutes Zeichen.

Diese Frau ist es nicht wert, dass Sie sie lieben, sagte Helen.

Sie meinen nicht so, wie *Sie* es wert wären, geliebt zu werden.

Helens Augen wurden schmal. Sie reden daher wie mein Vater. Glauben Sie bloß nicht, dass ich Ihre Ironie nicht durchschaue. Mein Vater war immerzu ironisch, das soll man nicht sein, wenn man Kinder hat. Kinder wollen wissen, wie sie dran sind. Aber seine Ironie hat mich stark gemacht. Und vor Ihrer lasse ich mich nicht einschüchtern. Zynisch und spöttisch sind nur die, die ihre wahren Gefühle nicht zeigen können und ... Helen unterbrach sich selbst. Ich weiß, dass Sie Gefühle für mich haben.

So wie Ihr Vater vielleicht auch Gefühle für Sie hatte, die er nicht zeigen konnte?

Lassen Sie meinen Vater aus dem Spiel.

Sie haben ihn gerade selbst ins Spiel gebracht.

Helen schleuderte ihm einen wütenden Blick entgegen. Sie müssen wohl immer das letzte Wort haben, wie? Mein Vater hat es jedenfalls nicht leicht gehabt, in diesem hinterwäldlerischen Dorf auf der Alb. Da lernt man, sich selbst zu verstecken, auch seine Gefühle. Er wollte sich mit mir aussöhnen, das heißt, dass ich ihm trotz allem etwas bedeutete. Doch dann hat der Berg ihn geholt. Ich habe viel darüber nachgedacht in all den Jahren. Auf seiner Rückreise von Tirol wollten wir uns treffen.

Und es hätte so vieles gegeben, was Sie ihm hätten sagen wollen, nicht wahr? Und was Sie im Gegenzug von ihm hätten wissen wollen. Und er hat all das mit ins Grab genommen, als er abstürzte, und obendrein noch Ihren Bruder …

Meinen Bruder, ja. Hören Sie mir auf mit meinem Bruder. Ich war gerade mit meiner Ausbildung zur Erzieherin fertig. Ich wollte das Abitur nachmachen, ein Studium anfangen, ihm zuliebe. Aber ich konnte nicht … Warum stochern Sie jetzt wieder in dieser alten Geschichte herum?

Sie hatten eine gute Ausrede sich nichts mehr zumuten zu müssen im Leben. Und jetzt brauchen Sie Ihren Therapeuten als Ersatzvater und Bruder in einem, Sie brauchen einen Mann, dem Sie all das erzählen können, was Sie Ihrem Vater nicht mehr haben sagen können, und der Sie für das liebt, was Sie wirklich sind, nämlich ein liebeshungriges Kind und eine noch liebeshungrigere Frau … Und der, stellvertretend für die Toten, Ihre Wunden verbindet und Sie mit dem Leben aussöhnt. Ist es das, was Sie von mir ersehnen?

Hören Sie endlich auf! Helen war aufgesprungen. Sie sah sich Hilfe suchend um im Raum. Simon hätte sich nicht gewundert, wenn sie jetzt die Salzkristalllampe aus der Verankerung gerissen und nach ihm geworfen hätte, diese grässliche Lampe, die geradezu penetrant friedvoll in seinem Rücken plätscherte. Den Verlust der Lampe hätte er sicher nicht bedauert, im Gegenteil, aber was viel wichtiger war, seine Kalkulation schien aufzugehen: Entwaffnung durch gezielte Eskalation.

Wir wollten über Anna reden, nicht über meinen Vater, fauchte Helen ihn an.

Und noch nicht einmal eine Freundin haben Sie, Simon stocherte weiter in ihrer Wunde, nicht einmal eine Freundin, der Sie sich anvertrauen könnten, noch nicht einmal ein eigenes Kind. Weil Sie noch nichts Bleibendes geschaffen haben auf dieser Welt. Weil Sie keine Spuren hinterlassen werden, wenn Sie einmal gehen, kein Kind … niemanden, der Sie je vermissen wird … Und jetzt erwarten Sie von mir, dass ich Sie erlöse aus Ihrer Bedeutungslosigkeit, dass ich Ihnen die Größe gebe, die Sie gerne hätten.

Ich bitte Sie, hören Sie auf, Simon.

Aber ich tauge nicht zum rettenden Engel, Helen, diese Rolle spiele ich denkbar schlecht. Ihre Flügel müssen Sie sich schon selber verleihen.

Helen war bleich geworden und zitterte. Sie hielt sich die Ohren zu, wie ein kleines Kind, und dann begann sie zu schreien, hören Sie auf, schrie sie, wie ein verwundetes Tier. Bitte hören Sie auf.

Simon wartete, bis sie sich wieder beruhigt hatte. Es ist schlimm, sagte er dann, ganz ruhig, ganz sanft. Ich weiß. Ihr ganzes Leben lang haben Sie den Kürzeren gezogen, hat man andere Ihnen vorgezogen. Ihr ganzes Leben lang haben Sie sich gewünscht, dass man Sie wahrnimmt. Aber auch Sie können sich auflehnen gegen das Vergessenwerden. Sie können sich der Erinnerung an Sie als würdig erweisen.

Helen wischte sich mit dem Handgelenk über die Wangen, sie schaute ihn feindselig an.

Ach ja. Dann verraten Sie mir sicher auch wie?

Er reichte ihr ein Taschentuch. Ganz einfach. Indem Sie selbst Größe zeigen. Dann wird man auch groß von Ihnen sprechen. Herzensgröße. Er wartete einen Moment. Er wusste, dass er auf verlorenem Posten stand, dass einer Helen in ihrem Zustand mit Argumenten und Schönfärberei nicht beizukommen war. Und doch durfte er nichts unversucht lassen. Seine Strategie, so aussichtslos sie schien, er musste sie durchziehen.

Lassen Sie mich los, Helen, sagte er langsam. Ich bitte Sie darum. Lassen Sie mich frei.

Helen fixierte ihn, eine gefühlte Minute lang. Dann wandte sie wortlos den Kopf ab. Sie machte Anstalten sich zu erheben.

Der Fahrer der S-Klasse ist übrigens Annas Vater, sagte Simon schnell. Das war gelogen. Aber unter keinen Umständen durfte er Helen jetzt gehen lassen. Noch hatte er seinen Trumpf nicht ausgespielt.

Helen zögerte, dann setzte sie sich zurück in den Sessel, sie schüttelte den Kopf. Nein, sagte sie. Sie hätten sehen sollen, wie sie ihn angesehen hat. Es hatte etwas Geschäftsmäßiges und doch etwas von, wie soll ich sagen, etwas von Mann und Frau.

Also gut, dachte Simon, sie würde bei ihrer Wahrnehmung bleiben. Jetzt musste er seine letzte Karte spielen, er suchte nach dem richtigen Ton. Was er gleich sagen würde, das würde sie ihm glauben. Ganz gewiss. Er atmete hörbar ein, dann aus. Anna bekommt ein Kind von mir, sagte er langsam. Es kam trockener heraus, als er es beabsichtigt hatte.

Helen sah ihn entgeistert an, sie wollte etwas erwidern, ganz offensichtlich, brachte aber nichts weiter heraus als ein paar unkoordinierte Wortfetzen. Aber … sie … ihr. Sie brach ab.

Sie wissen, was es bedeutet, sich ein Kind zu wünschen, sagte Simon sanft. Sie wissen auch, was es bedeutet, keinen Vater zu haben. Und darum bitte ich Sie, Helen, ich appelliere an Sie, zeigen Sie Ihre ganze Größe.

Die Pause, die dann folgte, kam ihm endlos vor, unerträglich lang. Schließlich nickte Helen, ganz langsam, roboterhaft. Aber sie nickte. Dann erhob sie sich und ging zur Tür, ohne sich umzudrehen.

Ich vertraue Ihnen, sagte Simon.

45

In den darauffolgenden Tagen hatte Helen tatsächlich aufgehört, Kontakt aufzunehmen. Es kamen keine Nachrichten mehr, keine Anrufe. Simon hatte seinen normalen Patientenbetrieb wieder aufgenommen, niemand stand abends auf der Straße, wenn er die Praxis verließ, und auch niemand zuhause am Friesenplatz. Ganz traute er dem Frieden nicht. Und bisweilen war es ihm sogar so, als würde ihm selbst etwas fehlen. Als hätte er sich an den Zustand unaufhörlicher Anspannung so sehr gewöhnt, dass er das Gefühl hatte, sich jeden Morgen neu aufpumpen zu müssen, um seine Energie auf ein ihm vertrautes Level hochzufahren. Du bist ein Spannungsjunkie, pflegte Ruth ihm vorzuwerfen, auch früher schon. Wieder einmal sollte sie nachträglich Recht behalten. Sie hatte seine Entgleisung auf der Schiffschaukel im Prater nicht vergessen.

Und schließlich hatte er Ruth doch noch um Hilfe gebeten, beim Aufräumen seiner Wohnung, bei der Beseitigung von Claires Sachen, er hätte diese schmerzvolle Aufgabe nicht alleine bewältigen können. Ruth hatte es ihm von sich aus angeboten und er hatte, ohne zu zögern, Ja gesagt. Doch wenn er morgens aufwachte, allein in diesem großen Bett, mit dem Arm die Leere neben sich abtastend, fühlte er sich einsam wie nie zuvor, und ein diffuses Unbehagen beschlich ihn, als hätte er es nicht verdient, in Ruhe gelassen zu werden. Und dann blieb er liegen und spürte seinen dunklen Ahnungen nach, die ihn umtrieben, seit er denken konnte, als müsste er sich bestrafen für all das, was passiert war und für das er selbst die Verantwortung trug.

Mit Ruth zusammen hatte er einen Terminvorschlag für die Ethikkommission formuliert und sich eine persönliche Stellungnahme zurechtgelegt. Ab und an trafen sie sich seitdem wieder im Café Central, aber sie vermieden es dabei, über Helen zu sprechen. Es sei besser geworden, sagte er nur. Sie habe jetzt offenbar losgelassen. Ruth hatte ungläubig den Kopf geschüttelt, aber seltsam sei das schon, sagte sie, gemessen an der Schwere ihrer Pathologie. Bloß keine schlafenden Hunde wecken. Er solle dem Himmel danken für den unerwartet glimpflichen Ausgang. Und damit schien das Thema für sie abgehakt, sie fragte nicht weiter nach.

Eine Woche nach dem letzten Gespräch mit Helen hatte er sich eine Kawasaki gekauft, und wenn die Spannung in seinem Inneren abfiel, schwang er sich auf sein Motorrad und fuhr einfach los. Nur mit Anna hatte er noch nicht zu einem ungezwungenen Umgang zurückgefunden. Es war, als hätten die Ereignisse der Unglücksnacht alle Lichter gedimmt und auch ihr Begehren bis auf Weiteres ausgelöscht. Nur in den Nächten, wenn er alleine in seinem Bett lag und seine dunklen Ahnungen ihn heimsuchten, befiel ihn eine ihm unerklärliche Erregung, als würde er auf dem buchstäblichen Pulverfass sitzen und müsste sofort aufspringen und zu ihr eilen, um Schlimmeres zu verhindern. Eine Mischung aus Eros und Lust und Furcht und dem beunruhigenden Gefühl, etwas Monströses und Unheilvolles hätte sich zwischen sie geschoben. Etwas, das in Worte zu fassen, unmöglich war. Natürlich beunruhigte ihn auch die Beobachtung, die Helen am Stadtgarten gemacht hatte. Aber er wagte nicht, Anna nach dem Mercedesfahrer zu fragen und auch noch den letzten Rest ihres Vertrauens aufs Spiel zu setzen. Also trafen sie sich weiter im Café oder beim Essen und taten so, als liebten sie sich, schliefen halbherzig miteinander, ohne die Nächte miteinander zu verbringen, bevorzugt in den frühen Abendstunden, und umschifften die fatalen Ereignisse des vierten März mit Banalitäten aus dem Arbeits- und Alltagsleben.

Auf den Friedhof entsorgte er die inzwischen verrotteten Blumen und beauftragte die Gärtnerei mit der Sommerbepflanzung. Und als er sich überlegte, welchen Grabstein er für Claire auswählen würde, fiel ihm auf, dass er sie nie wirklich gekannt hatte. Er ging in die nächste Eckkneipe, wo er sich hemmungslos betrank.

46

Dienstag, 8. Juli, null Uhr zweiundvierzig.

Als die Polizei eintraf, hatte eine große Stille sich über den Ort des Geschehens gelegt, über die Wohnung, über das Treppenhaus, als hätte seine eigene Agonie sich darin ausgebreitet und alles Leben hinter den Türen verstummen lassen. Als würden die Bewohner des Hauses erstarrt hinter ihren Spionen stehen und verängstigte Blicke hinaussenden in einen surreal verzerrten Flur, beobachten, ohne sich zu zeigen, nur nicht auffallen, nur nicht atmen. Nur nicht selbst zur Zielscheibe werden.

Simon stand in der Diele, als sie läuteten. Ein paar Schritte hinter ihm stand Helen, sie hatte sich seinen Bademantel übergeworfen, von ihrem nassen Körper tropfte das Wasser. Er spürte ihre Anwesenheit im Nacken, während er sich vorstellte, wie die Tropfen auf dem Holzboden zusammenliefen, eine Spur, die sich zurückverfolgen ließe bis ins Badezimmer. Oder spielte sich das alles nur in seinem eigenen Inneren ab?

Helen war real, kein Phantom. Sie stand hinter ihm, nur wenige Schritte entfernt. Er konnte ihren Atem hören, während er im Flur seiner Wohnung verharrte und wartete, bis die Polizeibeamten oben ankamen. Sie kommen mit großen Schritten, dachte er, zwei Stufen auf einmal nehmend, so kannte man es aus den Filmen. Und Helen würde sie empfangen mit einem entwaffnenden Lächeln.

Es war ein Tag gewesen wie jeder andere. Wie jeder andere Tag, seit Helen zum letzten Mal in seiner Praxis gesessen war, in dem hellgrauen kleinen Sessel, den er gekauft hatte, weil er ihm freundlich erschienen, einladend geradezu, und der sich mit Helens Strickjacke verband zu einem skandinavischen Idyll. Wie herausgeschnitten aus einem Ikea-Katalog, dachte er, wohnst du noch oder lebst du schon? In den letzten Monaten hatte Simon weder gewohnt noch gelebt, ein Unbehauster, das war er gewesen, unentwegt auf der Flucht vor sich selbst und vor Helen. Und Helen hatte nur schwach genickt zu seinen Ausführungen in ihrer letzten Sitzung, mehr nicht, und ihn zurückgelassen mit den Schnittwunden unter ihrem Rock und den imaginierten Szenarien von Wut und Raserei. Die Szenarien waren ausgeblieben und mehr als einmal hatte er sich gefragt, ob sie sich etwas angetan hätte, und ob er sich schuldig gemacht hätte, womöglich, durch fehlende Intervention. Und dann war sie wiedergekommen, aufgetaucht buchstäblich aus den Untiefen ihrer verwundeten Seele. Sie hatte niemals geruht.

Der Tag hatte schön begonnen, es war warm und sommerlich, und er hatte Anna gesehen. Zum ersten Mal seit Wochen hatte er das Gefühl gehabt, ihr nahe zu sein. Seine letzte Patientin hatte abgesagt, sie hatten sich im Volksgarten getroffen, ein Bier getrunken auf der kleinen Terrasse am See, dann noch eines auf der Wiese im Park. Er hatte sie nachhause begleitet in die Engelbertstraße, sie duftete nach Sommer und Gras. Zum ersten Mal seit Langem hatten sie über nichts anderes geredet als über das, was der Moment ihnen anbot, kein Wort über die Arbeit, kein Wort über das, was zurücklag, kein Wort über das verlorene Begehren, nur die lustvolle Leichtigkeit des Seins. Und wie sehr hatte er sie begehrt an diesem Nachmittag. Gegen Abend dann der Temperatursturz, Gewitter und Regen. Sie hatten sich geliebt in einem Kokon aus Sommerkissen und leichtem Wein, während die Donner grollten und der Regen die Scheiben bespielte. Gegen halb zwölf war er gegangen, dann doch, getrieben von der Angst vor der eigenen Courage. Was, wenn er doch noch jene Fragen stellte, die er nicht wagte zu stellen, wenn er zu früh damit herausrückte? Was, wenn die Wahrheit ihn schwächte, ihn und diese so zaghaft wieder aufblühende Verbindung?

Geradezu beseelt war er nachhause gegangen, zu Fuß, keine Kneipe konnte ihn heute mehr in Versuchung bringen. Er genoss die Lichter und den Puls der Großstadt, die Straßen glänzten vom Regen und auf den Tischen und Sitzflächen der Außengastronomie hatten sich kleine Lachen gebildet. Er ließ sich Zeit beim Gehen, obwohl er fröstelte, ohne Jacke, nur im Hemd, es war trotz allem Sommer. Ein großer Sommer, dachte er, als einen solchen würde er ihn vielleicht später einmal erinnern, irgendwann in der Rückschau. Seit Langem wieder fühlte er so etwas wie Glück, einen Anflug davon, und die Chance auf Veränderung. Und Anna war die kleine Blume, die trotz widriger Umstände sich inmitten der Ruinen einen Weg brach und wuchs.

Der Friesenplatz war wie ausgestorben an diesem Dienstag. Das Gewitter hatte die Nachtschwärmer von den Straßen getrieben, nachhause oder zurück in die Bäuche der von der angestauten Resthitze dampfenden Bars. Es war kurz vor Mitternacht. Er blickte die Häuserketten entlang, dann hinauf zu den Balkonen. Und während er die Stockwerke der Nachbarhäuser mit seinen Blicken abtastete, meinte er aus den Augenwinkeln in seinem eigenen Stockwerk noch Licht zu sehen, ein schwaches Licht. Aber im nächsten Moment wurde dieses Licht gelöscht, und als er genauer hinsah, war alles dunkel. Ich muss mich geirrt haben, dachte er, als er langsam die Stufen erklomm bis nach oben. Im zweiten Stock rechts hörte er noch das Geräusch des Fernsehers, wie immer viel zu laut, dachte er, die alte Dame unter ihm war fast taub. Wahrscheinlich hatte er sich im Stock geirrt und das Licht war von dort gekommen. Auch wenn die alte Frau die meiste Zeit im Dunkeln saß, um Strom zu sparen, und nur ihr Bildschirm einen bläulichen Schimmer nach draußen warf.

Als er die Tür aufsperrte, wusste er sofort, dass etwas nicht stimmte. Er hatte vergessen, die Tür abzuschließen, ja. Aber das war es nicht, was ihn beunruhigte, das kam vor. Es war der Geruch. Ein anderer Geruch oder, was viel schlimmer war, derselbe Geruch. Es war der Geruch von Yves Saint Laurent, es war Claires Geruch. Und der Geruch von Helen.

47

Viel schlimmer noch als der Geruch war die Spur, die sich durch die Wohnung zog, von der Tür Richtung Badezimmer, und von dort aus weiter bis ins Schlafzimmer. Eine Spur von Rosen, nicht nur die Blätter, sondern ganze Rosen, mit Blättern und Stilen und Dornen. Bunte Rosen. Helen hatte ihre Rückkehr inszeniert. Und sie hatte eine Botschaft für ihn, das war offensichtlich. Ich bin zurück, wollte sie ihm sagen, welcome back.

Noch schlimmer als der Geruch und die Rosen war die Stille, die über allem lag, die buchstäbliche Ruhe vor dem Sturm. Dazu der sternlose Himmel, das gedämpfte Licht der Straßenlaternen, ein paar Lichtreflexe, die von den Scheiben auf den Boden fielen, hinter den Fenstern eine wie stillgelegte Stadt. In einer Großstadt wird es niemals Nacht, dachte er, während er sich bückte und die Rosen einsammelte, energisch jetzt, er fluchte über die Dornen. Die Badezimmertür war einen Spalt breit geöffnet, alles dunkel, er spähte durch den Spalt Richtung Waschbecken. Die Spur führte bis ins Schlafzimmer, bis ans Bett. Vorsichtig sah er sich um, ohne Licht zu machen, nichts, keine Helen. Er atmete auf. Auch im Wohnzimmer war sie nicht. Er stopfte das gesammelte Rosenbündel in die Mülltonne, diesmal mit Arbeitshandschuhen, die er unter der Spüle hervorzog, er brach die Stiele und drückte sie fest zusammen, drückte dann den Deckel zu. Fertig, dachte er und goss sich ein Glas Whisky ein, irgendeinen. Er nahm den, der gerade in der Küche herumstand, er schüttete ihn in ein Wasserglas und leerte es in einem Zug. Erst jetzt bemerkte er das Rotweinglas mit den Lippenstiftspuren. Er erschrak. Er war sich sicher, dass Helen nicht in der Wohnung war, nicht mehr, dieses Miststück, dachte er. Keine Schuhe im Flur, kein Geräusch. Aber sie hatte gezielt ihre Spuren hinterlassen. Und jetzt wusste er, wo Claires Schlüssel geblieben waren. Immer wieder hatte er sich nach dem Verbleib ihrer Schlüssel gefragt, seine eigene Erklärung vor der Polizei für sich angezweifelt.

Er ging ins Wohnzimmer und setzte sich im Dunkeln auf die Couch. Eine Weile blieb er so sitzen, unschlüssig, das leere Glas in der Hand, und schaute hinaus in das schmutzige Stadtlicht. Er konnte die Stille hören. Dann erhob er sich.

Als er kurz darauf die Badezimmertür aufstieß, da fand er sie. Er hatte sich die Zähne putzen wollen, mehr nicht. Manchmal halfen die Rituale der Zivilisation, das hatte er noch gedacht, die Rituale des Alltags. Die besten Gedanken kamen ihm oft beim Zähneputzen oder Urinieren. Er hatte die Tür aufgestoßen und das Licht angeknipst, und da lag sie. Helen lag nackt in der Badewanne. Sie zuckte nicht einmal, als er eintrat.

48

Helen lag in einer Wanne mit klarem Wasser, er konnte ihre Scham sehen und ihren von Narben gezeichneten Körper. Die schönen Rosen, sagte sie und seufzte. Simon wollte sich wegdrehen, angewidert von ihrem Anblick, aber er konnte nicht. Er wollte etwas sagen, aber sein Gaumen war wie verklebt. Helen setzte sich ruckartig auf, ihre triefnassen Haare klatschten ihr an den Kopf. Sie waren etwas gewachsen, seit er sie das letzte Mal gesehen hatte und im Ansatz zeigte sich dunkel ihre Naturhaarfarbe. Die schönen Rosen, sagte Helen noch einmal, ihre Augen apathisch auf den Wasserspiegel gerichtet. Als nähme sie seine Anwesenheit gar nicht wahr. Das hast du dir alles fein ausgedacht, sagte sie. Ein paar kluge Worte und du wärst mich los. Nein, Simon, so nicht. Du wirst mich nicht los.

Und dann war alles sehr schnell gegangen. Helen war aus der Wanne gestiegen, er spürte die Kälte, die ihm entgegenschlug, von ihrem unterkühlten Körper. Wer weiß, wie lange sie schon in der Wanne gelegen hatte, dachte er. Sie zitterte, als sie sich auf ihn zubewegte, als sie sich an ihn drückte, seine Hand an ihre Scham führte, na, wie gefällt dir das? Er entwand sich ihrem Griff, du bist irre, sagte er und taumelte zurück. Dann sah er die Rasierklinge, die am Wannenrand lag.

Jetzt nur keinen Fehler machen, dachte er, als Helen schlagartig zu reden begann, eine lange Suada, atemlos heruntergebetet, als hätte sie sie wochenlang abgespult in ihrem kranken Hirn. Er stand mit dem Rücken zum Waschbecken und suchte insgeheim die Umgebung ab nach einem Gegenstand, mit dem er sich nötigenfalls verteidigen könnte. Er dachte an die Nagelschere in seinem Kulturbeutel im Regal, zu weit entfernt, er versuchte sich unbemerkt Richtung Tür zu bewegen, aber Helen versperrte ihm den Weg. Jetzt rede ich, zischte sie und spie ihm fast ins Gesicht. Wäre es nicht Helen gewesen, die da redete, aufgebracht und außer sich, er hätte geglaubt, er befinde sich in einem der üblichen Rosenkriege, zigmal erlebt, in Filmen und Erzählungen und am eigenen Leib, diese Vorwürfe der Missachtung, all die Blüten der Eifersucht, hervorgebracht unter Zittern und Schreien und Schlagen, seine Respektlosigkeit und sein Verrat, seine Lieblosigkeit, in allen Varianten, seine fehlende Einfühlung. Das alles wäre ihm vielleicht bekannt vorgekommen, und nicht weiter beunruhigend, ein Gefühlsgewitter, das sich irgendwann legen oder befriedet würde mit Sex. Aber dieses Szenario hier war kein harmloser Rosenkrieg, und Simons letzter Beziehungskrieg dieser Art war ganz anders ausgegangen. Er dachte an die Nacht mit Claire, an den Streit, an den Schrei. Wieder und wieder sah er Claire vor sich auf dem Pflaster liegen, ihren leblosen Körper, ihren starren Blick. Und dann wieder Helen, die sich vor ihm aufbäumte und ihm ihr Gift entgegenschleuderte, seine Hurerei mit dem Flittchen von Anna, ob er denn wisse, dass er nicht der Einzige sei, der ihr auf den Leim gegangen sei, dass er einem jungen Mann sein Spielzeug weggenommen habe. Einem jungen Mann, der sein Spielzeug liebe, immerhin, der naiv genug sei, sich von einer berechnenden Schönheit verführen zu lassen, dieser Basti, endlich spuckte sie seinen Namen aus, verächtlich. Also doch, dachte Simon. Ein Bubi, fuhr Helen fort, nicht ein erfahrener Mann wie er selbst, moralisch gereift wie eine edle Flasche Wein. Zumindest könne man das erwarten von einem Mann seines Kalibers, aber nein, er, der renommierte Therapeut sei nichts weiter als ein armseliger Schürzenjäger, der seine Position ausspiele, um mit seinen Patientinnen zu schlafen, ein kleiner Junge, mehr nicht, der sich nimmt, was er haben will. Und seine Freundinnen ablegt wie Patientenakten. Aber sie, Helen, lasse sich nicht ad acta legen, niemals, sie habe genügend Stolz und vor allem, sie packte Simon am Handgelenk. Vor allem, sagte sie, liebe ich dich. Sie hatte aufgehört zu keifen, ihre Stimme wurde bedrohlich ruhig. Ich werde dich immer lieben.

Das tust du nicht, sagte Simon.

Oh doch, das tue ich. Und meine Liebe ist rein und weiß wie Schnee, und rabenschwarz deine Ablehnung. Helen fixierte Simon und rückte näher an ihn heran. Aber ich weiß, dass du mich auch liebst, flüsterte sie. Ich bin deine Schneekönigin, so hast du mich selbst einmal genannt, weißt du noch? Sie ließ seine Handgelenke los und umschloss mit den Händen seinen Kopf. Simon, hauchte sie, er stieß sie brüsk von sich. Ich werde die Polizei rufen, sagte er, er wollte zur Tür. Aber Helen war ihm zuvorgekommen, blitzschnell war sie an der Tür und schloss ab. Sie zog den Schlüssel ab, dann ließ sie ihn mit einer triumphierenden Geste in die Wanne fallen. Simon sah zu, wie er versank und auf dem Wannengrund liegen blieb.

Aus die Maus, sagte Helen. Sie lächelte süß. Aber bevor du die Polizei rufst, sagte sie, solltest du wissen, wie es um dich steht. Du könntest es dir anders überlegen. Und dann endlich enthüllte sie ihm, was er längst geahnt hatte, alles. Dass sie wusste, dass er in der Wohnung war, in jener Nacht, als seine Frau hinuntersprang. Claire, so habe sie doch geheißen, nicht wahr? Eine schöne Frau. Oder habe er etwa nachgeholfen? Ein bisschen vielleicht? Warum sonst sei er so hastig davongelaufen und habe seine tote Frau einfach liegen lassen? Und nicht nur das. Helen hatte gesehen, wie er seine Zigarettenkippe vor dem Hauseingang wegschnippte.

Später sei sie noch einmal hinuntergegangen, um das mögliche Beweismittel an sich zu nehmen. Nur sie habe ihn beobachtet, sagte sie, alles, sie drohte ihm, sie lächelte. Aber nur sie, Helen Winter, habe die Größe, ihm zu verzeihen. Dafür verlange sie nichts, fast nichts, nur ein bisschen Liebe. Wenig nur, in Anbetracht dessen, was sie selbst zu geben bereit sei, ihr ganzes Herz, ihr Leben. Nur für ihn.

Mit jedem Satz merkte Simon, wie seine Entschlossenheit sich verflüchtigte, wie er nach Luft rang, jedes weitere Wort von Helen ein geraubtes Stück Zuversicht.

Ich habe meine Frau nicht umgebracht, flüsterte er, und im selben Moment wusste er, wie sinnlos es war, das zu sagen.

Vielleicht war es ja auch deine schöne Freundin, sagte Helen scharf, deine Anna.

Was weißt du von Anna? Simon spürte, wie seine Knie nachgaben. Er hielt sich am Waschbecken fest.

Dass sie nicht so unschuldig ist, wie sie tut. Immerhin war deine Frau ihr im Weg. Deine Anna gibt sich nicht damit zufrieden, zwei Männer zu haben, sie will drei. Wie mein Vater im Übrigen auch, der hat seinen Hals auch nie voll bekommen. So wie du … Du siehst, mein Lieber, ich stehe hier als Verfechterin der reinen Liebe und der Wahrheit. Und du willst mich zurückstoßen?

Lass Anna aus dem Spiel.

Sprach der Frauenflüsterer und hofft, dass ich seinen Einflüsterungen erliege. Helen stieß ein galliges Lachen aus.

Du bist verrückt, Helen.

Damit müsstest du dich doch auskennen. Verrückt nach dir, ja.

Helen drehte sich zur Tür und fischte einen kleinen Gegenstand aus der Tasche seines Bademantels, der an der Tür am Haken hing. Simon tauchte schnell mit der Hand nach dem Schlüssel in der Wanne, dieser kurze Moment der Ablenkung, er wusste ihn zu nutzen. Helen reagierte nicht. Oder war es Helen gleichgültig, dass er nach dem Schlüssel griff? Sie öffnete ihren Handteller, darin lag ein kleiner Stein, Bernstein, sagte sie. Wie die Kette von Anna auf dem Foto in deiner Praxis. Das du mir leider vor der Nase weggezogen hast, als ich es mir genauer ansehen wollte. Sie lächelte süffisant. Den hab ich auf dem Balkon gefunden. Hier draußen, sie wies Richtung Wohnzimmer. In einem Blumentopf.

Die Steinchen von Annas Kette. Simon hatte gehört, wie die Kette gerissen war, draußen auf dem Balkon. Das Kullern der Steine auf dem Boden. Dann der Schrei, Annas Schrei, und der Aufprall. Er war schlagartig nüchtern gewesen. Er hatte Anna sofort nach unten geschickt, was auch immer geschehen war, er musste sie aus dem Schussfeld nehmen. Wie sie zitterte und mit dem Kopf wippte, wie von Sinnen war sie auf dem Boden herumgekrochen, um die Steine einzusammeln, wie sie sie in die Taschen ihrer Jeans stopfte, ihre weit aufgerissenen Augen. Wie er sie auf Strümpfen aus dem Haus gejagt hatte, nur keinen Lärm, sie solle leise verschwinden, am besten über die Mülltonnen im Hof. Und vor allem schnell. Er sah sie wieder vor sich, völlig aufgelöst, unschlüssig, ihre Stiefeletten in der Hand. Sie hatte alle Steine eingesammelt, in ihrer Panik, alle, bis auf einen. Er funkelte zwischen den Stiefmütterchen. Er hatte ihn einfach in die Blumenerde gesteckt. Dann hatte er Annas Glas abgespült und zurück in den Küchenschrank gestellt. Er hatte an alles gedacht.

Dieses hübsche kleine Steinchen, sagte Helen, siehst du das kleine Loch für die Auffädelung? Es verrät mir, dass deine Anna in der Wohnung war, als Claire da herunterfiel. Meinst du nicht, sie hat vielleicht ein bisschen nachgeholfen? Ein kleiner Streit, ein bisschen Rangelei. Von selbst rollt so ein Steinchen doch nicht von der Kette.

Simon machte einen Schritt auf Helen zu. Verschwinde aus meiner Wohnung, sagte er, er packte Helen am Arm. Zu seiner Überraschung trat sie freiwillig zur Seite. Geh doch und hol die Polizei, du Idiot, schnaubte sie verächtlich. Dann sah er, wie sie nach der Rasierklinge griff. Sie machte eine Armbewegung auf ihn zu, er stieß sie mit Gewalt zu Boden, sie fiel gegen die Wanne, sie wimmerte. Er verließ rasch das Bad und verschloss die Tür.

49

Erst später bemerkte Simon das Kleiderhäufchen, das in der Ecke hinter der Badewanne lag, die zusammengerollte Strickjacke auf dem Fliesenboden, Helens Schuhe, ihr ranziger Beutel. Kurz bevor die Polizei eintraf, hatte er die Badezimmertür wieder aufgeschlossen und den Schlüssel von innen zurück ins Schloss gesteckt.

Helen hatte nicht ihn verletzt, sondern sich selbst. Durch Simons Stoß war sie mit der Flanke gegen die Wannenkante gefallen, danach hatte sie sich mit der Rasierklinge den Oberschenkel zerschnitten. Sie hatte sich zurück in die Wanne gelegt. Um sich reinzuwaschen, dachte er. Das Wasser war hellrot gefärbt.

Was dann geschah, erlebte Simon wie in Zeitlupe. Wie ein Zuschauer, der sich selbst beim Handeln zusah. Bis dieser Mann, der er selbst zu sein schien, irgendwann aus der Leinwand heraustrat, ganz langsam, allmählich im Off verschwand, in den Hintergrund trat, während Helen im Spotlight die Szene regierte.

Vielleicht sollten Sie sich erst einmal abtrocknen. Der jüngere der beiden Beamten hatte verständnislos auf den Boden gedeutet, das ist nicht gut fürs Parkett. Helen hatte nur stumm genickt. Der Beamte war ins Bad gegangen und mit einem Handtuch wiedergekommen, das er ihr wortlos reichte. Sie haben sich verletzt?, fragte der andere argwöhnisch.

Vielleicht hat mich ja auch mein eifersüchtiger Freund verletzt, sagte Helen schnippisch. Dann lächelte sie plötzlich, Simon kannte dieses Lächeln. Nein, sagte sie, das würde er niemals tun … Sie warf Simon einen

Blick zu, der ihm unmissverständlich bedeutete zu schweigen.

Ich bin gestolpert und gegen die Badewannenkante gefallen, sagte sie. Sie wies mit dem Kopf Richtung Badezimmer. Und dann habe ich mich beim Rasieren geschnitten. Schauen Sie ruhig nach, es ist alles verschmiert.

Es war erstaunlich, wie blitzschnell ihr Geist reagierte, oder hatte sie tatsächlich vorhin noch die Chuzpe besessen, den Tatort vorsorglich so zu manipulieren, dass am Ende alles für sie aufging? Ihre ganze Geschichte? Sie wickelte sich fester in Simons Bademantel.

Sie hat mich attackiert, wollte Simon sagen, er hatte die Worte auf der Zunge, er hörte, wie er sie sagte, tatsächlich, seine Stimme tonlos und schwer, sie hat mich angegriffen, sagte er, sie hat mich provoziert. War das wirklich er, der das sagte? Jetzt müsste er ihr nur noch den Bademantel öffnen, dachte er, seht her, so eine ist das, ihre Wunden freilegen, von den Schenkeln bis zum Schritt. Eine, die sich selber verletzt. Aber er öffnete ihr nicht den Bademantel. Stattdessen hörte er sich sagen: Ich habe sie zurückgestoßen. Und sie ist gefallen. Sie hat Recht, sagte er. Wenn er jetzt seine Worte nicht vorsichtig wählte, dachte er, würde Helen ihr Spiel gewinnen. Demütigung und häusliche Gewalt. In solchen Szenarien hatten die Männer grundsätzlich die schlechteren Karten. Die Frauenhäuser waren voll mit Frauen, die ihre Männer verbal so lange in die Ecke trieben, bis diese sich nicht mehr zu helfen wussten und zuschlugen. Die Fäuste als letztes Mittel, ihre verletzte, mit Worten getretene Männlichkeit zu behaupten. Ein letztes Aufbäumen gegen die als Schmach empfundene Schwächung durch das nur vermeintlich schwache Geschlecht.

Sie haben ihn angegriffen?, schaltete sich erneut der ältere der Beamten ein. Er zog nachdenklich die Brauen zusammen und sah Helen prüfend an.

Ich bin eben eine leidenschaftliche Frau. Helen stemmte herausfordernd die Hände in die Hüften. Ganz offensichtlich gefiel sie sich in der Rolle des weiblichen Vamps.

Der ältere Beamte war zweifellos der Beamte mit der größeren Erfahrung. Aber dennoch, normale Streifenpolizisten, dachte Simon, was wussten sie schon von den Abgründen der Seele? Sie machten ihre Arbeit und schüttelten den Kopf über die Grenzüberschreitungen und Entgleisungen, mit denen sie tagtäglich zu tun hatten. Aber die feinen Mechanismen der Psyche, Macht und Ohnmacht, was, wenn die Grenzen verschwammen, waren sie solchen Szenarien wirklich gewachsen? Sie nahmen ihr Protokoll auf, beschwichtigten, rissen zwei Streithähne auseinander, aber was wussten sie schon von jenen seelischen Grauzonen, die zu verstehen ein Psychologiestudium nicht ausreichte. Die man erst einmal selbst erlebt haben musste, um sie wirklich zu begreifen. Wenigsten im Ansatz. Erlebt und nicht nur am Unfallort aufgenommen.

Sehen Sie die Rosen in der Mülltonne? Helen ging zielsicher in die Küche und öffnete den Deckel. So leicht bin ich nicht zu bestechen. Dabei hat er sich so viel Mühe gegeben, mein Liebster. Die Beamten sahen sich unschlüssig an. Ihr Blick streifte die Gläser auf der Anrichte, das Rotweinglas mit den Lippenstiftspuren, die halb leere Whiskyflasche.

Also wenn es sich hier nur um einen Beziehungskonflikt handelt, sagte der jüngere der beiden, dann sind wir wohl fehl am Platz.

Der ältere Beamte zögerte. Das hat sich am Telefon für uns etwas anders dargestellt. Wenn Sie wollen, dass wir den Vorfall protokollieren, tun wir das. Andernfalls würden wir vorschlagen, davon abzusehen … also wenn Sie sich selber einig werden.

Ich möchte, dass diese Frau jetzt meine Wohnung verlässt, sagte Simon. Das ist alles. Bitte sorgen Sie dafür. Und dass sie mir meine Schlüssel zurückgibt. Ich möchte, dass Sie so lange hier bleiben.

Für einen Moment schien Helen ihre Fassung zu verlieren, ihr Lächeln fror ein, ihre Hand zitterte, als sie den Deckel der Mülltonne losließ. Aber sicher, Liebling, sagte sie dann, wieder lächelte sie. Sofort. Selbstverständlich, Simon. Du bist ein freier Mensch und du weißt, dass ich das respektiere.

Die Minuten, die dann folgten, waren unendlich lang. Die wartenden Beamten im Flur, die unschlüssig von einem Bein auf das andere traten, der versuchte Smalltalk, das Schweigen, bis Helen endlich aus dem Badezimmer herauskam, mit geföhnten Haaren und angezogen, als wäre nie etwas vorgefallen, die Strickjacke, die Jeans, ihre hellen Augen. Ihr waidwunder Blick. Tut mir leid, Simon. Wie sie in ihrer Tasche herumwühlte und ihm dann wortlos die Schlüssel überreichte, das olivgrüne Mäppchen, das Mäppchen von Claire. Er hatte es ihr zum Vierzigsten geschenkt. Er rollte es eine Weile gedankenverloren in der Hand, bis Helens Zittern ihn in die Realität zurückholte und er sich an die Anwesenheit der Beamten erinnerte, die die Szene still beobachteten.

Na dann alles Gute, sagte der Jüngere, vielleicht vertragen Sie sich ja wieder. Quälend lange Minuten, bis Helen endlich mit den Beamten im Treppenhaus verschwand. Auf dem Treppenabsatz drehte sie sich noch einmal um. Du musst heute nicht auf den Friedhof, Simon, sagte sie, ich habe Rosen gebracht. Die Tulpenzeit ist ja vorbei, leider. Anna mag auch so gern Tulpen.

Anna liebte Tulpen. Simon stand noch eine Weile im Flur und lauschte den verklingenden Schritten, den schweren Tritten der Polizeistiefel und Helens verhuschtem Getrappel. Dann wusste er, was zu tun war.

50

Der junge Mann saß mit großen weißen Kopfhörern hinter der Ladentheke und bastelte an einem ausgeschlachteten PC herum, die blonden Haare quollen unter den gepolsterten Pads hervor wie Putzwolle. Er zuckte im Rhythmus. Simon hörte die Bässe wummern und fragte sich, wie laut das erst sein musste, wenn man diese Dinger direkt auf den Ohren trug. Laut genug jedenfalls, um die Ladenglocke zu überhören und nicht mitzubekommen, dass jemand eingetreten war. Es war kurz nach sechs. Basti erschrak, als Simon plötzlich vor ihm auftauchte. Er nahm die Kopfhörer ab, wir haben schon geschlossen, protestierte er, dann schien er zu begreifen, wer da vor ihm stand. Er starrte Simon ungläubig an. Und für Sie, sagte er, habe ich sowieso geschlossen. Verschwinden Sie.

Sie fühlen sich bedrängt von mir, weil ich nach Ladenschluss in Ihren Privatraum eingetreten bin, das verstehe ich.

Da liegen Sie falsch, Herr Psychodoc. Ich fühle mich bedrängt von Ihnen, weil Sie meine Freundin vögeln wollen. Und dass Sie jetzt nach sechs hier aufkreuzen, macht es nicht besser.

Aber es ist doch nur ein Laden, sagte Simon beschwichtigend, ich steh schließlich nicht vor Ihrer Haustür. Und Ihre Freundin lässt mich freiwillig ein. Da sollten Sie sich mal fragen, warum.

Sie geiler alter Sack.

Ich verstehe ja, dass Sie wütend sind, auch ich wusste nichts von Ihnen. Wir mögen dieselbe Frau, so etwas kommt vor. Mich trifft ihre Untreue genauso wie Sie. Er lächelte versöhnlich. Wir sitzen sozusagen in einem Boot.

Anna ist mir nicht untreu.

Na, wenn sie das sagt, dann wird das wohl stimmen.

Eher hacke ich mir die Hand ab, als mich mit Ihnen zu verbrüdern. Hauen Sie jetzt ab. Sie haben mir schon genug eingebrockt. Was interessiert mich Ihr abgefucktes Privatleben? Diese blonde Tusse hat mich schon bestens aufgeklärt. Wie Sie so drauf sind.

Wie hieß diese Frau?

Hab's vergessen.

Wissen Sie, wie es sich anfühlt, wenn jemand wirklich in Ihr Privatleben eindringt? In Ihre Wohnung. In Ihr Nest, das Sie sich gebaut haben. In dem Sie essen und schlafen, in dem Sie ganz für sich sind, abgeschottet vom feindlichen Außen. Wo Sie sich sicher fühlen. So sicher, dass Sie sogar die Augen zumachen und schlafen, ohne Angst. Wo Sie die Hosen fallen lassen können und Whisky mit Orangensaft saufen, wenn Ihnen danach ist, ohne dass Sie sich dafür schämen müssen, weil Sie ganz für sich sind. Daheim. Der ultimative Schutzraum.

Verschonen Sie mich mit Ihrem Psychogeschwafel.

Wenn dort jemand unerlaubt eindringt, wissen Sie, wie bedrohlich das ist?

Das ist mir so was von egal, was Sie da erzählen.

Basti blätterte betont gelangweilt in einem Musikmagazin.

Das schnürt Ihnen die Kehle zu, Sie bekommen panische Angst, und wenn Sie Pech haben, werden Sie die nie wieder los. Ich habe Patienten, die leiden ein Leben lang unter Panikattacken, wenn sie so etwas erlebt haben, traumatische Erlebnisse, Einbrüche, Überfälle, Missbrauch. Junge Mädchen, Kinder noch, die nachts in ihren Bettchen liegen, ihren Peinigern schutzlos ausgeliefert, in der angstvollen Erwartung, jetzt würde er wieder kommen, einfach eindringen in den Schutzraum ihres Zimmers und sich nehmen, was er sich nehmen will.

Hören Sie auf. Sie müssen mir nicht erklären, was diese Pädoschweine anrichten. Und danach kommen sie zu Ihnen in die Praxis und erzählen Ihnen, wie schlimm ihre Kindheit war. Haha. Ausgerechnet zu Ihnen.

Sie wissen gar nichts.

Ich weiß mehr, als Sie denken.

Und ich weiß längst, von wem Sie Ihre Informationen über mich haben. Sicher nicht von Anna. Von dieser, ich zitiere Sie, blonden Tusse, an deren Namen Sie sich nicht mehr erinnern wollen. Aber ich kenne ihren Namen, keine Sorge. Und wenn Sie nicht wollen, dass Anna eines Tages in irgendeiner Praxis sitzt und traumatische Erlebnisse aufarbeiten muss, dann rate ich Ihnen mir zuzuhören.

Basti schob sein Musikblatt zur Seite und sah ihn abschätzend an.

Jetzt habe ich ihn, dachte Simon.

Als er später durch den Volksgarten nachhause ging, war die Sonne hervorgekrochen aus ihrer Verschattung, und der Abend versprach, lang und warm zu werden. Er dachte an Anna und ihre erste Begegnung in Bastis Laden. Ihre winterblasse Haut unter der schokobraunen Mütze, wie die Farbe ihrer Leberflecken, dachte er, die in Wahrheit nur Schönheitsflecken waren, wie sie selbst immer sagte, der besonders prominente Fleck schräg über der Oberlippe. Ihr schiefer Schneidezahn. Er konnte Basti verstehen. Ja, sie mochten dieselbe Frau. Und Basti duldete keinen Schatten auf ihrem Namen, keine Zweifel an ihrer Untadeligkeit. Auch wenn tief im Innern eine Ahnung sich ausbreitete, wucherte wie ein Krebsgeschwür, ihn von innen zu zerfressen drohte, so wie in Simon diese Erinnerung, ein Schreckensbild, zwei Frauen auf einem Balkon, betrunken die eine, überheblich die andere, beide schwankend, ineinander verhakt, zwei Figuren gegen den Nachthimmel, und er selbst rotzbesoffen auf dem Sofa. Er selbst zur Balkontür stolpernd, irgendwann. Die Kälte, die Nacht. Diese rasenden Wolken am Himmel. Oder in seinem betrunkenen Hirn. Das taube Gefühl in den Fingern, die die Brüstung umfassten, eiskaltes Eisen, der Romeo-und-Julia-Balkon, ein Kriegsschauplatz.

Der Sturz hatte ihn schlagartig ernüchtert, Annas Schrei. Und dann seine wiedergefundene Geistesgegenwart. Er hatte Anna sofort aus dem Haus geschickt. Und das war gut so. Wäre nicht Helen gewesen und der vermaledeite Stein.

Er ignorierte Helen, die an der Ecke zur Limburger Straße stand, er hatte sie schon von Weitem gesehen. Drei Tage noch, dachte er. In drei Tagen hatte Anna Spätschicht.

51

Basti saß bereits an einem der kleineren Tische im Stadtgarten, gleich neben der Weinbar. Simon hatte sich am Eingang zum Park postiert, von dort aus hatte er alles gut im Blick. Es war schon dämmrig und er stellte sich vor, wie Anna vorn an der Straße in den Wagen dieses Mannes gestiegen war, ein älterer Mann wohl und gut betucht. Auch von Basti hatte er nichts über diesen Mann in Erfahrung bringen können. Der hatte nur dumm geglotzt und wieder einmal beteuert, in seiner naiven Unschuld, dass seine Anna eine solche nicht sei. Armer Kerl, dachte Simon, auch ihn wird das Leben noch einholen. Immerhin hatte Basti indirekt zugegeben, dass er selbst sich weit mehr von Anna versprach als umgekehrt, und dass sie eher in seiner Fantasie zusammengehörten als in ihrer. Ein paar gemeinsame

Nächte, ja, der Rest ein nie ausgesprochenes Versprechen, eine große Blase, dachte Simon, die irgendwann zerplatzte, weil die wenigen Gesten und Zeichen, die von Anna kamen, nicht ausreichten, sie zu nähren. Eigentlich tat ihm der junge Mann leid, er hatte alles noch vor sich. Dieses bittere Erwachen nach den Reinfällen in der Liebe, das vergebliche Warten am Fenster, wenn die Erwartete ausblieb, dieses angestrengte Lauschen, jedes Mal, wenn ein Auto vorfuhr, wenn die Haustür ins Schloss fiel, die Ernüchterung dann, wenn die vernommenen Schritte im Treppenhaus verebbten. Der Übergang von Sorge zu Wut zu Angst, bis hin zur Verzweiflung, nahezu nahtlos, gefolgt von der unbedingten Bereitschaft, alles zu verzeihen. Was ihn selbst betraf, so hatte er sich als Kind schon abgearbeitet an der Vergeblichkeit des Wartens, sodass es ihn fast kalt gelassen hatte, als ihn zum ersten Mal ein Mädchen versetzte. Und trotzdem ließ ihn dieser S-Klassenfahrer nicht los. Vielleicht ein Verehrer, dachte er, mehr nicht, so ein Sugardaddy. Er erschrak. Hatte nicht auch Claire ihn an jenem Abend als einen solchen bezeichnet? Ihn, Simon. Aber nachts um halb zwei? Und was, wenn Anna sich diesem Mann, wem auch immer, anvertraut hatte? Wenn sie mit ihm gesprochen hatte über die Vorfälle vom vierten März?

Mit Basti hatte sie es nicht, das wusste er. Das würde sie auch niemals tun. Ein bunter junger Hund mit der Lebenserfahrung einer Stubenfliege. Die immer wieder gegen dieselbe Scheibe prallt, bis sie merkt, wo die Welt nach draußen geht. Na ja. Vielleicht doch eher die eines Skateboardfahrers. We're all a big family. Und wenn man hinfällt, tut's weh, aber dann steht man auf und das Leben geht weiter. Noch keine Ahnung von der Fehlbarkeit der Menschen. Was wusste so ein Basti schon vom alltäglichen Töten?

Anna hatte Thekendienst an dem Abend. Er stellte sich vor, wie die Männer sie in ihren Gedanken entkleideten. So wie er in wenigen Minuten Helen entkleiden würde. Nicht körperlich, nein, seelisch. Töten würde er sie. Er atmete tief durch. Wenn sie ihm nicht zuvorkam. Sie war raffiniert, aber er würde sie dazu bringen, ihre Selbstbeherrschung zu verlieren. Unaufhörlich kreisten seine Gedanken um die immer gleichen Themen. Er dachte an das alte Volkslied, die Gedanken sind frei. Seit Wochen wünschte er sich nichts sehnlicher als einen gedankenfreien Raum.

Basti hatte sich ein Bier geholt, ein großes Kölsch. Simon trat vorsichtig einen Schritt heraus aus seiner Deckung. Und da sah er sie, Helen kam auf die Terrasse des Biergartens, sie schaute sich unsicher um. Dann steuerte sie auf Basti zu. Und gleich würde sie von ihm wissen wollen, warum er sie in den Stadtgarten bestellt habe, dachte Simon. Um mit ihr zu reden, natürlich, um sich endlich erzählen zu lassen, was sie alles wusste.

Helen, die Heilsbringerin, die Verkünderin der reinen Liebe, die ein für alle Mal aufräumen würde mit den Verlogenheiten dieser Welt, sie war gekommen, die Verfehlungen all derer zu sühnen, die sich an der Liebe versündigten, die ihre Gebote verletzten, begehre nicht des andern Weib, üb immer Treu und Redlichkeit, oh ja, er wusste, wie sie tickte in ihrem kranken Hirn, wie es ratterte. Diesen Kampf zu führen, hatte sie sich zu ihrem Auftrag gemacht, zu ihrer Lebensaufgabe, wie damals schon als kleines Mädchen, als ihr Vater sie im Eis alleine ließ, die Schneekönigin. Diese Geschichte hatte sie ihm erzählt, dann doch, er hatte sie ihr entlockt. Die Geliebte am Ufer, eine von unzähligen, die der Vater alle ihr vorgezogen hatte, so hatte es sich angefühlt. Die Ohrfeige des Ehemanns, was bildest du dir ein, du Gör, dabei hatte sie sich gar nichts eingebildet, sie hatte gekämpft für die Wahrheit, für die Treue, für die Liebe. Um die Liebe ihres Vaters. Und jetzt war sie gekommen, ihren letzten Kampf anzutreten. Ihren Kampf um Simon.

Überraschung, tippte Simon in sein Smartphone. Bin draußen. Bitte komm raus, Anna, ich muss dich sehen. Er drückte auf Senden. Er wartete. Die Schlacht konnte beginnen.

52

Es schlug mein Herz geschwind zu Pferde … Simon wusste nicht, warum ihm ausgerechnet jetzt dieses Gedicht in den Sinn kam, nur die ersten Zeilen. Oh doch, im Grunde wusste er es. Einen Moment lang dachte er an seine Deutschlehrerin, Fräulein Brand, wie ihr Busen wippte unter dem hochgeschlossenen Kleid, wenn sie Gedichte rezitierte und Verse skandierte. Goethe, sagte sie, hört genau hin, nichts Menschliches war ihm fremd. Keine Niederung und kein Hoch. Den müsst ihr studieren, um die Menschen zu kennen. Ihre dunkle Stimme, ihr mausgraues Kleid.

Simon hatte sie studiert, die Menschen, er hatte alles gegeben. Er hatte vielen geholfen, vielen Helens dieser Welt. Aber dieser hier war nicht zu helfen.

Es dauerte eine Weile, bis Anna im Biergarten erschien. Als Anna aus dem Gebäude trat, bewegte er sich rasch auf sie zu, sie lächelte, er umarmte sie, küsste sie, sie waren auf der Höhe von Bastis Tisch. Ich musste dich sehen, sagte er. Sie lachte. Endlich bist du wieder normal, sagte sie. Aber jetzt habe ich keine Zeit, ich muss wieder rein. Hol mich ab heute Nacht. Um eins. Simon wollte etwas erwidern, aber sie hielt ihm den Mund zu. Nicht jetzt, flüsterte sie. Sie war im Begriff, wieder hineinzugehen, sie küsste ihn. Aber Simon fasste sie an der Hand, komm, sagte er, ich muss dir jemanden vorstellen. Dann zuckte Anna zusammen, sie hatte Basti bemerkt. Du hier? Sie schaute ihn fassungslos an.

Basti kennst du ja schon, sagte Simon laut. Aber darf ich dir Helen vorstellen? Er fasste Anna sanft an den Hüften, während er sie näher an den Tisch schob. Helen, das ist Anna, meine Freundin. Helen starrte Anna an. Und mit einem Satz sprang Helen von ihrem Stuhl auf, du miese kleine Schlampe, stieß sie hervor. Kannst dich wohl nicht entscheiden, wen du lieber willst? Diesen Kleinen da, sie deutete abfällig auf Basti, oder den großen Herrn Doktor. Aber diese Entscheidung kann ich dir abnehmen, schrie sie.

Alles war so, wie er es erwartet hatte, Eskalation durch Konfrontation. Die Gespräche im Biergarten waren schlagartig verstummt, alle sahen auf Helen, aber keiner rührte sich. Du meinst wohl, deine Schwangerschaft könnte mich weichklopfen, das hat er sich fein ausgedacht, der liebe Herr Doktor. Du meinst wohl, dein kleines Anna-Geschmeiß kann mich rühren?

Was soll das? Erklär mir mal … Anna schaute Hilfe suchend zu Simon, dann zu Basti.

Was das soll? Helen schrie, sie war außer sich. Dass der liebe Simon eine Hure geschwängert hat. Und auch noch meint, sie wär's wert. Da hat der liebe Simon dir also ein Ei ins Nest gelegt, so ein kleines dreckiges Stück Fötus, nur das Feinste vom Feinen. Deine Hurerei gepaart mit seiner.

Ich bin nicht schwanger, sagte Anna ruhig. Ich glaube, Sie verwechseln mich. Ich … Sie rang nach Worten.

Oh nein, ich weiß genau, wer Sie sind. Die Frau vom Balkon. Sie haben mich nicht gesehen, aber ich, ich war da.

Anna wurde weiß. Sie machte einen Schritt auf Helen zu. Verschwinden Sie, bevor ich Ihnen Hausverbot erteile. Dann wandte sie sich zitternd an Simon. Wer ist diese Frau?

Sie gehen jetzt besser, schaltete ein Gast sich ein, der am Nebentisch über seinem Flammkuchen saß, das Messer in der Hand, ohne zu schneiden, so selbstvergessen hatte er das Geschehen verfolgt. Auch die anderen Gäste starrten gebannt auf die Szene. Als hätte man im ganzen Stadtgarten den Ton abgedreht. Anna schickte sich an hineinzugehen und Basti folgte ihr, er stolperte gegen einen leeren Stuhl, riss ein Bierglas zu Boden. Eine Frau schrie auf, Scherben klirrten. Und in dem Moment riss Helen dem Gast mit dem Flammkuchen das Messer aus der Hand. Rufen Sie die Polizei, rief Simon, als Helen zu lachen begann, das Messer in der Hand wie eine Trophäe, ein kleines Sägemesser, diese Frau ist verrückt, rief er aus. Schnell. Ich bin Arzt. Helen lachte, immer irrer, du hast wohl Angst, dass ich deine Frau kaputtsteche, kicherte sie. Sie taumelte auf das Restaurantgebäude zu, Anna und Basti hinterher, ihr katatonischer Gang, als wäre sie sturzbetrunken, gleich würde sie zusammenbrechen, dachte Simon, oder Anna niederstechen, er stand wie gelähmt, als plötzlich Basti sich umdrehte und sich Helen in den Weg stellte. Er schleuderte Simon seine ganze Verachtung ins Gesicht, Sie Feigling, sagte er, allein dafür hätten Sie eine Anzeige verdient. Dann warf er sich auf Helen. Und Simon stand daneben wie ein Schuljunge, der seinen Text vergessen hatte. Unfähig sich zu bewegen.

Als die Polizei eintraf, war es Nacht geworden. Basti saß apathisch auf einem der Holzstühle und starrte vor sich hin, während Anna und der Rest der Belegschaft mechanisch die Tische abkassierten. Alle bewegten sich eine Spur zu langsam. Alle standen sie unter Schock.

Die Polizei interviewte Basti, der sich die Flanke hielt und sich krümmte, während ein Sanitäter notdürftig eine kleinere Wunde versorgte, er blutete am Handgelenk. Dann begleiteten sie ihn zum Rettungswagen, sie mussten ihn stützen, aber es war trotz allem glimpflich für ihn ausgegangen. Er hatte seine Lederjacke getragen, als er sich auf Helen stürzte, er hatte Glück gehabt. Willkommen in der Welt, dachte Simon, er schämte sich. In der wirklichen Welt, dachte er. Während sich um ihn herum eine ganz und gar unwirkliche Realität abspielte. Während das Blaulicht flackerte, die Westen der Rettungsleute leuchteten, in grellem Orange, und Helens Schreie und Flüche durch die Nacht schrillten. Sie lag überwältigt und festgeschnallt auf der Rettungsliege, die nun endlich in den Wagen geschoben würde, der sie dorthin bringen würde, wo sie hingehörte.

Anna saß auf den Treppenstufen zur Terrasse, in eine schwarze Decke gewickelt. Simon setzte sich neben sie.

Sie werden ihr nicht glauben, sagte er, egal was sie sagt. Sie werden an ihrer Zurechnungsfähigkeit zweifeln.

Na und wenn schon, sagte Anna. Mit der Wahrheit müssen wir selber leben.

Wohl dem, der die Wahrheit kennt, murmelte Simon.

Anna sah ihn finster an. Wenn du den Mercedesfahrer meinst, das war mein Patenonkel. Immer wenn er geschäftlich in Köln zu tun hat, führt er mich irgendwohin aus, ein Abendessen, eine Ausstellung, manchmal eine Fahrt in die Eifel, Hotel inklusive. Er finanziert mein Studium.

Das meinte ich nicht, sagte Simon, nicht nur. Ich meinte die Nacht auf dem Balkon. Hast du Claire … Er brach ab. Anna fixierte ihn, ihre Mundwinkel bebten. Dann erhob sie sich. Simon sah zu, wie sie sich auf den Streifenwagen zubewegte, eine schmale Frau in einer schwarzen Decke in einer grell-schwarzen Nacht. Aus die Maus, dachte er. Das hätte Helen jetzt gesagt. Und er wunderte sich, dass die Erleichterung ausblieb. Er fühlte nichts, fast nichts. Nur Leere. Und Scham.

Helens Schreie hatten aufgehört, sie waren plötzlich verstummt. Sie müssen sie sediert haben, dachte Simon noch. Er ging langsam zum Rettungswagen, und das Letzte, was er von Helen sah, war ein müder Blick, sie schaute ihn an mit schläfrigen Augen. Du wirst dich noch an mich erinnern, murmelte sie. Dann kippte ihr Kopf zur Seite und die Türen des Wagens wurden zugeschlagen.

Autorin und Verlag danken der Literaturstiftung Oberschwaben sehr herzlich für die großzügige Unterstützung.

ISBN 978-3-86351-474-7

Lektorat: Petra Wägenbaur, Tübingen.
Umschlaggestaltung: Christiane Hemmerich
Konzeption und Gestaltung, Tübingen.
Titelbild: Fotolia.
Herstellung: Horst Schmid, Mössingen.
Satz: CompArt, Mössingen.
Druck und Einband: Pustet, Regensburg.

Mehr über das Verlagsprogramm von Klöpfer&Meyer
finden Sie unter *www.kloepfer-meyer.de*